Pigmalião

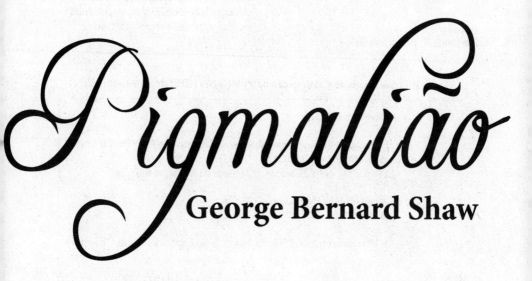

Pigmalião

George Bernard Shaw

Adaptação: Júlio Emílio Braz

Esta é uma publicação Principis, selo exclusivo da Ciranda Cultural
© 2021 Ciranda Cultural Editora e Distribuidora Ltda.

Texto
George Bernard Shaw

Adaptação
Júlio Emílio Braz

Preparação
Eliel Cunha

Revisão
Fernanda R. Braga Simon

Produção editorial e projeto gráfico
Ciranda Cultural

Diagramação
Fernando Laino

Imagens
Oliver Denker/Shutterstock.com;
Anastacia Lembrik/Shutterstock.com;
magic_creator/Shutterstock.com

Dados Internacionais de Catalogação na Publicação (CIP) de acordo com ISBD

S534p   Shaw, George Bernard

Pigmalião / George Bernard Shaw ; adaptado por Júlio Emílio Braz. - Jandira, SP : Principis, 2021.
144 p. ; 15,5cm x 22,6cm. – (Clássicos da literatura mundial)

Adaptação de: Pygmalion
ISBN: 978-65-5552-279-2

1. Literatura inglesa. 2. Teatro. I. Braz, Júlio Emílio. II. Título. III. Série.

2020-3143

CDD 823
CDU 821.111

Elaborado por Vagner Rodolfo da Silva - CRB-8/9410

Índice para catálogo sistemático:
1. Literatura inglesa 823
2. Literatura inglesa 821.111

1ª edição em 2021
www.cirandacultural.com.br
Todos os direitos reservados.
Nenhuma parte desta publicação pode ser reproduzida, arquivada em sistema de busca ou transmitida por qualquer meio, seja ele eletrônico, fotocópia, gravação ou outros, sem prévia autorização do detentor dos direitos, e não pode circular encadernada ou encapada de maneira distinta daquela em que foi publicada, ou sem que as mesmas condições sejam impostas aos compradores subsequentes.

Sumário

Ato Um 9

    Primeiro Entreato 31

Ato Dois 35

    Segundo Entreato 53

Ato Dois e um pouco mais 59

    Terceiro Entreato 75

Ato Três 81

    Quarto Entreato 95

Ato Quatro 99

    Quinto Entreato 111

Ato Cinco 117

Epílogo 141

... O que observei é que, quando consentimos que uma mulher se interesse por nós, ela acaba ficando ciumenta, exigente, desconfiada... paulificação completa! E, se somos nós que nos interessamos, então nos tornamos tirânicos egoístas... As mulheres estragam tudo. Quando consentimos que entrem em nossa vida, descobrimos que a mulher busca uma coisa, e nós, outra coisa muito diferente.

PIGMALIÃO – Ato II

Ato Um

As estrelas, pálidas e inexpressivas algumas horas antes, nem sequer eram lembranças nas mentes atarantadas que se esforçavam para se amontoar debaixo da marquise do teatro, tentando fugir, de qualquer maneira, da violência barulhenta da chuva que martelava a fachada. Covent Garden desaparecia de tempos em tempos sob o forte aguaceiro, enquanto a multidão se acotovelava e disputava os poucos táxis que passavam cada vez mais raramente pelas ruas próximas. Pouco a pouco, as boas maneiras e a elegância de gestos aristocráticos iam se perdendo na impaciência e apreensão, e a grosseria se fazia moeda vil para embarcar em um dos carros e partir o mais depressa possível de volta para casa. Cotoveladas e olhares hostis complementavam a crescente selvageria das relações que se desfaziam, mera aparência, na confusão crescente. A algaravia mal-humorada ainda procurava se manter no mais estrito limite da boa educação, fingindo ignorar este ou aquele palavrão, resistindo à vontade de digladiar-se em ameaçadoras batalhas de xingamento. Volta e meia encolhiam, apavorados, quando um dos táxis, passando velozmente, lançava terrível onda de água suja e malcheirosa das poças que cresciam nas ruas estreitas, atingindo muitos deles. A contragosto, as divisões sociais, que se mantiveram mais ou menos intatas nas quase duas horas de espetáculo, deixavam de ser tão evidentes, e os espectadores se misturavam e se apertavam para assegurar seu quinhão de proteção sob a marquise.

Ao populacho, que em noites estreladas se viam à mercê dos olhares zombeteiros ou escarnecedores de tão elegante público, vitimados sem dó nem piedade por seus implacáveis olhares e ares de superioridade, a tempestade propiciara o espetáculo inusitado e até mesmo insólito de contemplar e divertir-se com a multidão de privilegiados se digladiando por um centímetro ou dois da marquise para fugir à violência da chuva, empurrando-se ou desfazendo-se de seus bons modos com palavra de virulência comprovada e até então escrupulosamente evitada em prol de sua elegância e bom nome. Gargalhadas eram inevitáveis e rivalizavam com o ribombar inclemente da chuva que caía praticamente desde que as cortinas se levantaram no teatro, duas horas antes.

Àqueles abandonados pelo súbito desaparecimento dos táxis restavam a desolação e a revolta. A aglomeração debaixo da marquise. Uma certa aflição à medida que as luzes se apagavam no interior do teatro. Pequenos grupos se amontoavam em conversa monocórdia que invariavelmente tinha como tema a pouca possibilidade de escapar de tão desagradável confinamento de outra maneira que não fosse com o fim da tempestade e a precariedade dos transportes em uma metrópole como Londres. À exceção de um sujeito de feições macilentas que anotava obsessivamente sabe-se lá o que em um caderninho de capa de couro, todos iam e vinham e por fim acabavam se entretendo com aqueles assuntos. As doze badaladas de um relógio próximo serviram apenas para aumentar a apreensão de todos.

Londres nunca dorme. Vultos passam apressadamente. Um guarda-chuva flutua no calçamento, aparentemente sem seu proprietário. Buzinas mais adiante. Covent Garden é um gigante sombrio e murmurejante. O magricela elegante e de ar pernóstico continua tomando notas ferozmente. Uma jovem de vasta cabeleira dourada e ar impaciente observa-o por uns instantes, a curiosidade por fim suplantada pela impaciência, quando ela reclama:

— Eu estou congelando, mãe!

Olha de um lado para o outro. Irrita-se:

— Onde Freddy se enfiou? Já faz um tempão que ele disse que ia buscar um táxi e até agora...

A mulher rechonchuda, com vasta cabeleira grisalha presa em um coque complicadíssimo e olhos azul-acinzentados indo nervosamente de um lado para o outro, resmungou:

— Mas você é mesmo uma exagerada, não, Clara? Não faz tanto tempo assim e você bem sabe que Freddy foi tentar encontrar um táxi para nós!

Um grandalhão elegantemente vestido atrás de ambas gemeu:

— Ah, desistam, senhoras! Com os teatros encerrando suas atividades e com essa chuva, só teremos alguma chance de conseguir algum táxi dentro de uma hora, uma hora e meia...

A aflita senhora Eynsford Hill balbuciou um apelo aflito a alguns santos e lamentou:

— Não podemos passar a noite inteira aqui...

Outro entre aqueles com quem partilhavam a marquise do teatro replicou:

— E a senhora tem alternativa?

— Nenhum de nós tem — ajuntou outro sujeito, igualmente aborrecido.

Clara lançou um olhar aflito para a mãe e gemeu:

— Mamãe...

— Calma, filhinha, calma...

— Mas, mamãe...

— Seu irmão já deve estar voltando...

— A senhora se ilude...

— É você que implica demais com o pobre coitado.

Clara sorriu debochadamente.

— Coitadinho, não? — divertiu-se. — Aposto que o moleirão está se encharcando nesta chuva toda e ainda não se lembrou que existe um ponto de táxi logo aqui atrás do teatro...

— Clara...

– Seria bem do feitio dele... – Clara calou-se de repente, os olhos fitos em um jovem esguio que, apesar do guarda-chuva debaixo do qual tentava se proteger da chuva, estava completamente encharcado e avançava aos tropeções na direção da superlotada marquise do teatro. Apontou-o para a mãe e insistiu: – Vê o que estou dizendo?

Olharam-se, ele fechando o guarda-chuva e resmungando:

– Certamente falava mal de mim, estou errado?

– E tem como falar bem?

A mãe colocou-se entre os dois e, virando-se para o rapaz, insistiu:

– Não encontrou nenhum carro, meu filho?

– Nenhum – admitiu o recém-chegado. – Nem mesmo no ponto.

– E você foi ao ponto?

– Mas é claro que fui...

– Mentiroso!

– E eu estou todo molhado assim a troco de quê?

– Aposto que ficou zanzando por aí, feito barata tonta, e só pegou chuva. Carro que é bom, neca!

– Só se eu fosse bem fora da casinha, não?

– E quem disse que não é?

– Veja lá como fala comigo, ouviu?

– Por quê? Vai acontecer alguma coisa?...

A robusta senhora Eynsford Hill empertigou-se, colocando-se mais uma vez entre os dois filhos e buscando estabelecer certa ordem e a própria autoridade na confusão, que, para seu profundo desgosto, atraía o olhar recriminador de muitos mais abastados em meio à multidão que se espremia debaixo da marquise.

– Você – cutucou o peito da filha com o indicador da mão direita, os olhos dardejando aborrecimento – feche a boca, ouviu bem? Não quero ouvir nem mais uma palavra sair de sua boca. – Voltou-se para Freddy e ordenou: – E quanto ao senhor, deixe de ser preguiçoso e vá atrás de um carro para nós três...

– Não vai adiantar nada. Como eu disse...

– Não importa o que você disse. Eu só quero vê-lo de volta se estiver dentro de um carro.

Freddy resmungou algo e, enquanto abria o guarda-chuva, lançando uma saraivada de pingos de água sobre a irmã, virou-se e chocou-se contra uma florista magricela e bem jovem.

– Oia pr'onde anda, seu mané! – rugiu ela, rivalizando com o barulhento estrondo de um relâmpago que iluminou a noite, intimidante.

Empurrou-o. Freddy desequilibrou-se e quase caiu, antes de endireitar o corpo e disparar mais uma vez para dentro do temporal.

– Desculpe! – gritou na distância.

A jovem florista ignorou-o como ignorou igualmente as muitas mulheres próximas e, se compararmos com ela, bem mais bonitas e bem mais elegantemente vestidas. Os cabelos negros estavam escorridos e muito molhados, respingando a chuva que encharcara sua roupa modesta e por demais gasta. Apesar da aparência desleixada, ninguém entre aqueles que a rodeavam lhe daria mais de vinte anos, e, embora não fosse extraordinariamente bonita, nenhum deles a consideraria feia.

– Qui topera, esse Ferderico, num é? E, pra piorá, uma vaca braba, derrubando tudo qui encontra pela frenti! I agora? Que vô fazê? As flô tão tudo esbagaçada. E agora? Como vô rancar grana dos granfa?

– Queira desculpar meu filho, querida – disse a senhora Eynsford Hill, gentilmente.

– Ah, então aquele mocorongo é seu filho? A madama bem que puderia tê dado mior inducação pr'ele, num é, não?

O estrondo de novo trovão assustou a todos que se espremiam em torno de ambas, o clarão do relâmpago serpenteando na escuridão e iluminando brevemente a distante estação de Charing Cross. Vultos agitaram-se na rua Southampton. Um carro abarrotado desapareceu no negrume que os separava de Strand.

A constrangida mãe resignou-se a um risinho embaraçado, antes de dizer:

– Eu não sei mais o que dizer...

Enquanto recolhia as flores e as devolvia ao fundo do cesto que carregava pendurado em um dos braços, a jovem sacudiu a cabeça e replicou:

– Bem, pra cumeçá, pudia pagá meus prijuízo. A madama vai pagá us meus prejuízo?

A elegante senhora Eynsford Hill correu os olhos pela multidão que as rodeava e, ao se ver vitimada pelo crescente interesse de todos (apenas o enigmático magricela com um bloco de notas continuava absolutamente alheio ao evento, mas firmemente interessado no que ouvia, dada a sofreguidão com que lançava as anotações depois de cada comentário ou simples palavra trocados), seu embaraço apenas aumentou, o que irritou a filha. Em dado momento, Clara fixou o olhar na recém-chegada, ainda entretida em recolher uns buquês de magnólias que jaziam em uma poça de lama, e resmungou:

– Ah, mãe, deixa essa doida pra lá! Estão todos olhando pra gente!

Aflita, sua mãe fez um curto apelo:

– Coitadinha, minha filha, ela...

– Por favor, mamãe!...

– Você tem algum trocado?

Os olhos da florista faiscaram de esperança e cobiça.

– Num percisa si percupá, não, dona. Eu posso trocá carqué...

Clara vasculhou apressadamente a bolsinha que carregava e entregou uma nota para a mãe, que se apressou em entregar para a florista.

– Tome! – disse. – Creio que isso paga pelas suas flores, não?

– Gradecida, madama! – disse ela, praticamente arrancando a nota da mão da preocupada senhora Eynsford Hill.

– Ah, com certeza... – resmungou Clara, contrariada. Vendo que a jovem fazia menção de se afastar, protestou: – Ei, não vai devolver o troco, não?

– Cumé?

– O troco, sua espertalhona. Essas flores custam um *penny* a dúzia.

A mãe alcançou-a com um olhar de censura e recriminação, virando-se para a florista e resmungando:

– Guarde o troco!

– Brigado, madama!

– Tudo bem, mas agora mate a minha curiosidade...

– Matu carqué cosa despois de tanta mãoabertice, madama. Quem quer qu'eu mate?

– Como sabia o nome de meu filho?

– Num sabia!

– Mas você o chamou de Frederico...

– Como chamaria de Billyzinho ou Jarme...

– Mas... mas...

– Ah, deixa pra lá, mamãe. Seis pence jogados fora! Resigne-se e vamos rezar para aquele idiota voltar logo com algo que tenha pelo menos quatro rodas e um motor! – Clara dirigiu um olhar dardejante de desprezo para a florista e acrescentou: – O ambiente pode ficar ainda bem pior, se é que a senhora me entende...

A florista, contrariada, devolveu-lhe o olhar com uma indagação:

– Ei, isso é comigo?

– Se a carapuça servir, minha filha...

– Cara-o-quê?

Nesse instante, um homem de seus cinquenta, sessenta anos passou em largas passadas, postura empertigada, quase militar, entre as duas jovens e, fechando o guarda-chuva, virou-se para a senhora Eynsford Hill e comentou:

– Minha nossa, que aguaceiro!

Quase instintivamente e aflita, ela encarou-o e indagou:

– O senhor acha que essa chuva ainda dura muito?

Tão completamente molhado quanto o filho dela, a água respingando dos cabelos e das espessas suíças brancas, o recém-chegado agachou-se e pôs-se a enrolar a bainha da calça.

– Nem tenha dúvida – respondeu, pondo-se mais uma vez de pé, hirto e amistoso. – Está engrossando...

Atenta à conversa de ambos e interessada em se aproximar do recém--chegado, a florista sorriu e comentou:

– Mas, coroné, o sinhô num concorda cumigu que, si piorô, intão só pode miorá? Num qué aproveitá e cumprá uma frô dessa pobre frorista...

Ele pareceu divertir-se com ela ou com a maneira peculiar como se expressava, pois apresentou-se como indulgente e simpático, ao dizer:

– Infelizmente não posso, minha menina. Não tenho nenhum trocado.

– Num se peorcupe, coroné, eu distroco carqué coisa que o sinhô tiver dentro du borso...

– Você troca um soberano? Não tenho menor...

– Qui coisa, coroné, compra uma flô de mim, vai. Umazinha só...

– Seja uma boa menina e não perturbe, está bem? – ele remexeu nos bolsos e por fim de um deles retirou três moedas que ofereceu para ela, informando: – Eu só tenho isso trocado. Serve?

A florista encolheu os ombros e as pegou, dando-lhe em troca um dos buquês de magnólia enlameados.

– Vai tê que serví, né? – respondeu, afastando-se.

Um dos homens que se acotovelavam debaixo da marquise, ao vê-la passar, apontou para o silencioso magricela que fazia anotações no fundo da multidão e sugeriu:

– Se eu fosse você, daria uma flor para aquele sujeito lá atrás, bonitinha. Ele parece um tira e está anotando tudo o que você diz desde que chegou.

Ela virou-se, alarmada, os olhos esbugalhados e fixos no anotador.

– É? – perguntou.

– É – respondeu o desconhecido.

– Mas num fiz nada! – protestou a florista, buscando alcançar o silencioso anotador, abrindo caminho através da multidão com os olhos. – Eu sô uma moça direita. Num quero nada a num ser ficá aqui na carçada vendendo minhas flô em paz! – Apreensiva, foi marchando ao encontro dele, as pessoas se afastando dela, os olhares indo da mais pura recriminação à mais abjeta repugnância por causa de suas roupas velhas e gastas, completamente encharcadas, quando não até sujas de lama. – Olha, seu guarda...

– Feche essa matraca, sua pobretona! – disse um.

– Está louca, mulher? Ninguém quer lhe fazer mal algum! – alguém gritou.

– Fricoteira! – disse outro.

À medida que avançava e as pessoas dela se afastavam, os gritos se multiplicavam, vindos de todos os lados e das mais distintas pessoas, dos humildes trabalhadores a caminho de Covent Garden, que a chuva encurralara debaixo da marquise, aos desafortunados frequentadores do teatro que tiveram a infelicidade de não encontrar um táxi antes que desabasse a tempestade que os compelira àquela convivência forçada.

– Carma, bobalhona! Num vê que ele num tá nem aí procê?

– Saia daqui, estrupício!

Os impacientes e irritadiços, aos poucos e à medida que ela se aproximava do silencioso anotador e se percebia a sua genuína preocupação, começaram a dela se aproximar e se interessar em saber o que realmente se passava.

– Que história é essa de a polícia querer prendê-la, meu Deus?

– Tão dizendo que ela roubou um velho que ia passando e...

– Será mesmo?

Angustiada, longe de se sentir mais tranquila com a solidariedade daqueles que dela se acercavam, perguntando e se interessando pelo que quer que acontecera, a florista foi empurrando-os e apressando-se em alcançar o anotador.

– Ai, meu Deus, eli tá anotando umas cosas ali e sabe qui vai acontecer? Os homis vão tirar mia licença e me deixar sem pai nem mãe, num miserê dus infernos! Ai, ai, u que vai sê de mim?

Ela já estava praticamente diante dele quando o sujeito magricela levantou a cabeça, desviando os olhos cinzentos e fixos do caderninho onde anotava ferozmente, e encarando-a. Expressão confusa, demorou-se a entender o que se passava, os olhos deambulando ao redor antes de mais uma vez fixar-se na florista.

– Mas que despropósito está dizendo, sua tagarela idiota? – resmungou, contrariado. – Ninguém aqui quer prender você e muito menos eu!

O desconhecido que insuflara tais temores na florista marchava às costas dela e insistia:

– Carma, muié! Num vê que o homi qué te ajudá?

O anotador olhava para um e para outro e para os muitos rostos que se estreitavam interessadamente nele e nos dois que não paravam de tagarelar; por fim, declarou:

– Que doideira é essa?

O desconhecido atrás da florista esforçou-se para explicar:

– É que essa doida tava pensando que ocê é piolho de tira.

Os olhos do anotador faiscaram, cheios de interesse, repetindo a expressão:

– Piolho de tira? Que é isso?

O desconhecido, na ânsia de tentar explicar suas palavras, acrescentava outras ainda mais incompreensíveis, aumentando a confusão de seu interlocutor, que naquele instante via-se encurralado pela multidão, cada vez mais interessada e que não sabia muito bem o que estava acontecendo, mas de qualquer forma parecia ser muito mais interessante do que a chuva forte e interminável.

– Caguete! Caguete! – gritou ele por fim, com os braços erguidos, os olhos arregalados, mercê de um tosco arremedo de compreensão mútua.

– Ah, você está querendo dizer alcaguete! – gritou o anotador, naquele momento empurrando alguns que se comprimiam contra ele.

– Isso! Isso!

A florista, em meio à confusão de troca de palavras entre ambos e alfinetada por novas e novas indagações de uma multidão que se mostrava cada vez mais interessada, só tinha olhos para o anotador, ainda o imaginando um policial e, portanto, crivando-o de argumentos a fim de escapar, pelo menos a seus olhos, de prisão iminente:

– Juro por tudo qui é mais sagrado que nunca tive a intenção de fazê mar àqueli veio...

Impaciente e sentindo-se sufocado pela multidão, ele a encarou e, cravando os olhos em sua figura aparvalhada e nervosa, berrou:

– Você pode fechar essa matraca só por uns minutos, mulher?

Em seguida, encarou o desconhecido e replicou:

— De onde o senhor tirou essa ideia maluca de que sou um policial? Eu tenho cara de policial?

A florista nem deixou o desconhecido responder e contra-argumentou com impaciência:

— Si ocê num é polícia, por que fica anotandu tudu neste cadernim? Que ocê tantu anota nessa porcaria de cadernim?

— Não tem nada a ver com você, eu lhe garanto. Mas que ideia mais estapafúrdia!

A florista estreitou os olhos com desconfiança e insistiu:

— Num credito em ocê...

— Problema seu! Eu...

— Si num tem nada aí falandu de mim, mostra...

— Bem, eu anotei algumas coisas que você disse...

A florista virou-se para a multidão que se espremia ao redor deles e, triunfalmente, disse:

— Viu?! Viu?! Num foi o que eu disse?

— Não tem nada...

— Intão mostra!

— Como é que é?

— Si o que ocê rabiscô aí num vai me mandar pro xilindró, lê aí.

— Eu...

— Lê logo, seu desgramado!

Encurralado pelos corpos que se estreitavam cada vez mais à sua volta, ameaçado por boa parte dos olhares, o anotador leu tudo o que escreveu, particularmente as falas da florista, buscando reproduzir com grande exatidão a maneira dela de se expressar... *Si piorô, daí só pode miorá... compra uma flô de uma pobre frorista, coroné?... et cetera, et cetera* e tal...

A meio caminho entre a surpresa e uma renitente preocupação, a florista virou-se para o velho a quem vendera o buquê de magnólias enlameadas que se aproximava e suplicou:

— Ajuda aí, coroné, e diz pra esse homi que num fiz nada de mau procê. Num deixa eli fazer uma quexa contra eu, faz favor...

– Ninguém vai fazer nenhuma queixa contra você, minha menina, muito menos eu – assegurou o velho. Virando-se para o anotador, empertigou-se e disse: – Por favor, cavalheiro, se o senhor é realmente um policial, queira abster-se de fornecer-me proteção que em absoluto solicitei. Todos aqui presentes concordarão que a pobre jovem não teve nenhuma outra intenção ao se aproximar de mim que não tenha sido vender-me suas flores...

Vozes elevaram-se em favor da florista e expressando genuína revolta contra os procedimentos policiais do anotador até então silencioso.

– Tira ele num é não, gente! – argumentou uma delas, juntando-se àqueles que aos poucos se apresentavam como declarados partidários da pequena florista. – Ocê já viu um tira com um par de botas tão bonita assim, sô?

– Eu jamais disse que era policial! – protestava o anotador misterioso, bracejando e esperneando desesperadamente, tentando se desvencilhar da proximidade da multidão, fazendo caretas horripilantes, incomodado pelos odores que aparentemente se desprendiam daqueles corpos que davam a impressão de querer se amontoar sobre ele, ao mesmo tempo que boa parte da multidão, constituída de pessoas mais elegantemente vestidas como ele, se afastavam, assustadas. De pé à sua frente, a florista se mostrava igualmente assustada. Em dado momento, vitimada pela algaravia infernal, vozes de todos os sotaques possíveis e imagináveis misturando-se infernal e confusamente em torno de ambos, pôs-se a chorar, o que aumentou o desespero do anotador:

– Pelo amor de Deus, menina, pare com esse berreiro!

Absolutamente desorientada, olhando confusamente de um lado para o outro, crivada de perguntas por seus pretensos defensores, ela apenas repetia:

– Eu sou uma boa moça... juro, eu sou uma boa moça...

Como que para piorar a situação já de toda catastrófica a ponto de muitos temerem pelo pior e preferirem enfrentar a chuva ainda forte, abandonando o refúgio da marquise, o anotador misterioso, sem quê nem pra quê, pôs-se a interpretar a fala de seus vários contendores, partindo delas para identificar de onde este ou aquele era proveniente, o que serviu apenas para aumentar a desconfiança e a animosidade de todos. Sabe como é, não?

A beligerância encontra solo fértil na ignorância das pessoas, e, diante daquele repentino advento, muitos aguçavam a sua vontade de desferir alguns bons tabefes no anotador cheio de arrogância e de desagradável ar de superioridade, agravado pela maneira insistente como prendia o nariz entre o polegar e o indicador, aparentemente incapaz de suportar o mau cheiro dos que o rodeavam.

– Como ocê sabe que sou de Norfolk? – perguntou um.

– Que mal há em se morar em Lissum Gruvi, seu moço? – indignou-se outro, a confusão aos poucos assumindo ares de tragédia, com o anotador e a florista bem no centro redemoinhante de vozes e punhos cerrados exibidos abertamente como poderosas ameaças.

– Esse sujeito é perigoso! – decretou outro dos punhos brandidos no ar, rente ao rosto do anotador, logo que este declarou que ele morava em Hoxton. – Cumé que ele sabe que eu moru em Hoxton?

– Qui é que tem morá em Hoxton? – Mais raiva e contrariedade.

– É um chiqueiro ingal a Lirsum Gruvil! – garantiu o sujeito a seu lado, zombeteiro.

Em um laivo de racionalidade, um acordo tácito desenvolveu-se entre todos, e seus olhares e ressentimentos sociais fixaram-se no anotador misterioso, que recuou, intimidado, antevendo a possibilidade de ser atingido dolorosamente por uma temível saraivada de socos e outros golpes igualmente contundentes. A situação piorou ainda mais quando Clara, alcançada pelo vaivém da multidão, imiscuiu-se na confusão e, olhando desorientadamente de um lado para outro, reclamou:

– Se aquele imprestável do Freddy não aparecer logo com o táxi, eu vou acabar pegando uma pneumonia!

Respondendo àquele imperativo que o fazia identificar a origem de cada uma das pessoas à sua volta mal ela pronunciava duas ou três palavras, o anotador gritou:

– Earlscourt!

Clara o encarou, indignada, e grunhiu:

– Alguém lhe perguntou alguma coisa, moço? Meta-se em seus assuntos, viu?

– A senhora é de Earlscourt.

– E quem lhe perguntou?

Constrangido, o anotador desculpou-se:

– Desculpe-me, senhorita. Não foi a minha intenção...

Um dos homens que amparavam a florista interveio:

– Com licença, cavalheiro, mas o senhor vive disso?

O anotador o encarou, confuso.

– Disso o quê?

– Essa coisa de identificar as pessoas pelo modo como falam? Acaso é algum número de teatro de revista?

A senhora Eynsford Hill achegou-se à filha e, aflita, puxou-a pelo braço, resmungando:

– Mas o que acha que está fazendo, filha? Quer nos matar de vergonha?

O anotador virou-se para ela e, com os olhos arregalados, como que possuído por aquela fabulosa entidade de violento e infalível poder identificatório que a todos encantava, alcançou-a com o indicador e gritou:

– A senhora é indiscutivelmente de Epsom!

A pobre mulher deu um salto para trás, com os olhos arregalados e pálida como um fantasma, tomada de grande surpresa e inescapável susto, logo transformado em um amplo sorriso de deslumbramento.

– Como pode saber... – Virou-se para a multidão e, ainda sorridente, admitiu: – Eu fui realmente criada no Fat Lady's Park, perto de Epsom.

– Jura? – espantou-se o anotador, com desdém. – Que nome mais ridículo...

Clara irritou-se e, virando-se para a mãe, indagou:

– Viu o que a senhora conseguiu?

A veneranda senhora baixou os olhos, constrangida. Percebendo que a magoara, o anotador enfiou a mão direita nervosamente em seus vários bolsos até que de um deles retirou um apito, que exibiu para mãe e filha, indagando:

– As duas buscam um táxi?

Clara, contrariada, cruzou os braços sobre o peito e virou-se de costas, remoendo raiva recente, mas das mais profundas.

– Se o senhor tiver um pingo de vergonha na cara, não me dirigirá nem mais uma palavra! – protestou.

A mãe dirigiu um olhar mais indulgente para o anotador e educadamente disse:

– Nós ficaríamos imensamente agradecidas, cavalheiro.

O anotador assoprou vigorosamente o apito e, sob o olhar de todos, esclareceu:

– Isto não é um apito de polícia, gente. Eu garanto que...

Um transeunte veio rapidamente em seu socorro e esclareceu:

– É de carça, cumpanheiro!

O anotador agradeceu e, ao perceber que a atenção de mãe e filha se voltavam para a multidão que se desfazia rapidamente debaixo da marquise, sorriu com enorme tranquilidade e esclareceu:

– Eu não sei se notaram, mas a chuva parou já faz um tempo.

– Não é que é mesmo? – concordou a agradecida senhora Eynsford Hill, os olhos deambulando pelas ruas em torno do teatro e para o céu, onde surpreendentemente se identificava o débil cintilar de umas poucas estrelas. – Vamos, minha filha. Podemos ir até a esquina e pegar um ônibus...

Clara protestou:

– Mas o táxi...

Desistiu e por fim acompanhou a mãe, e as duas desapareceram em segundos nas imediações do mercado de legumes de Covent Garden, misturando-se aos muitos outros companheiros de infortúnio com que haviam dividido a marquise do teatro. Em pouco tempo, apenas o anotador, a pequena florista e uns poucos cavalheiros permaneciam no lugar.

– Pobrezinha de mim – ela era só lamúrias e, enquanto ajeitava as flores no fundo de sua cesta, resmungava: – Como se mia vida num carecesse de mais miséria, vem esse sujeito pra me humiá e xingá como se eu num passasse de lixu...

Nem o anotador e muito menos o velho cavalheiro empertigado de ar militar que dele se aproximou lhe deram a menor importância.

– Cavalheiro, se não se importa que eu o incomode com minha curiosidade, importa-se que lhe pergunte como faz isso? – indagou ele.

Frequentador assíduo dos vários teatros da região, o coronel Pickering era conhecido de todos por seus modos extremamente educados e pelo irremovível sorriso amistoso que imediatamente granjeava a simpatia e a boa vontade de todos que cruzassem o seu caminho.

– Isso o quê, senhor? – indagou o anotador, por trás de um olhar ainda defensivo.

– Como consegue dizer de onde vem este ou aquele só de ouvir...

– Simples fonética. A ciência da fala, o senhor entende, não?

– Certamente. É a sua profissão?

– Nem tenha dúvida.

– Dá para ganhar a vida fazendo esse tipo de coisa?

– Decerto que sim. Quer dizer, não o espetáculo mambembe e involuntário de que fui protagonista ainda há pouco, mas, em aulas criteriosas e agendadas com antecedência, por que não?

A jovem florista, com o cesto pendurado em um dos braços, colocou-se entre os dois e, virando-se para o anotador, ainda irritada, reclamou:

– U sinhô devia tê vergonha pela manera comu me tratô...

O anotador a afastou com o braço e continuou conversando com Pickering:

– Vivemos tempos maravilhosos de riqueza e prosperidade. Novos milionários e gente endinheirada aparecem o tempo todo em nosso caminho. Gente muito trabalhadora, que saiu dos cortiços mais sórdidos nos subúrbios para as mansões de bairros como Park Lane. Gente que até mataria por uns *pence* quatro... cinco anos atrás e hoje farta-se faturando facilmente cem mil libras por mês, até mais. A vaidade pessoal cresce rapidamente com a prosperidade e nenhum deles quer que seus vizinhos ou os aristocratas com que passam a partilhar os clubes mais exclusivos de Londres percebam que vieram de onde vieram ou se constranjam com suas origens...

Os dois foram se afastando da marquise do teatro e, principalmente, da florista. Renitente e ainda bem contrariada, ela os seguiu e continuava se lamuriando:

– Quem eli pensa qui é pra mi tratá assim, comu si eu num fosse nada?

O anotador parou de repente e, virando-se para ela, berrou:

– Com todos os diabos, mulher, quer fechar essa matraca?

Ela calou-se, assustada, os olhos arregalados e fixos nele.

– A chuva passou e, portanto, não precisamos partilhar o mesmo espaço, Deus seja louvado. Agora desapareça! Vá para o mercado, ajeite-se nos degraus da Igreja de São Paulo ou suma em Trafalgar Square, mas, pelo amor do bom Deus, largue do meu pé! Consegue fazer isso? Coisinha mais impertinente e irritante!

Sua voz desprendeu-se dos lábios trêmulos, e a florista emitiu um tímido protesto:

– Eu tenhu o mermo deretcho de tar aqui que tu tem...

– Isso não significa que tenha de ficar grudada em mim com essa choradeira enervante!

Ignorando-a ou pelo menos fingindo ignorá-la, o anotador virou-se para Pickering e indagou:

– Isso é possível, meu senhor? O senhor acredita porque, como eu, está ouvindo esses sons tão desagradáveis, essa impiedosa agressão à nossa tão amada língua perpetrada por essa criatura tão abjeta. Choca-me testemunhar que a mesma língua que se prestou a nos permitir partilhar o gênio de Shakespeare e Milton pode ser a mesma que na boca dessa espécie de gente se torna inteiramente incompreensível e em tudo se assemelha ao grunhido de um porco que acabou de ser castrado. Melhor cortar-lhe a língua e nos privar de tão grande infâmia!

Completamente surpreendida pela violência das palavras do anotador e, diga-se de passagem, incapaz de entender a maior parte delas, a jovem florista gorgorejou de modo angustiado, como se, de um momento para outro, algo ou alguém lhe tivesse surrupiado boa parte das cordas vocais e ela não fosse capaz de pronunciar nada além de patéticos e incompreensíveis grunhidos que o anotador deliciou-se em anotar para em seguida repeti-los para Pickering.

– Essa criatura que vive na sarjeta, com esse inglês, lá permanecerá até o último de seus dias – sentenciou, implacável.

– Desgramado! – finalmente conseguiu vociferar a florista, vermelha de raiva.

– Mas, fora a morte, nada é completamente irremediável nesta vida, e, se o senhor me desse meros três meses, eu lhe asseguro que poderia salvar essa criatura patética de sua indigência intelectual.

Pickering lançou um olhar de ceticismo para a florista, que ofegava de raiva a seu lado, repuxando os lábios com evidente dúvida e sincera descrença, antes de perguntar:

– Como assim?

– Bastam-me esses três meses, e posso lhe assegurar que transformaria essa coisinha abjeta que o senhor tem a seu lado em uma duquesa ou a faria passar pela mais refinada duquesa em qualquer salão requintado desta cidade. Eu a salvaria de si mesma e lhe permitiria arranjar um bom emprego como gerente de loja ou governanta, onde, como sabemos, exige-se um inglês melhor.

A florista olhou para um e para o outro, confusa.

– Qui é qui eli tá dizeno?

– O que digo? – repetiu o anotador. – Que sois o retrato pronto e acabado do que há de pior ou da maneira mais aviltante de se empregar a língua inglesa na comunicação entre dois seres pretensamente humanos. Que em mais uma geração, se nada for feito, serás devolvida pela sua própria natureza ignara de volta ao fundo das cavernas escuras da ignorância. Mas, acima de tudo, apesar de circunstâncias tão desfavoráveis, sou perfeitamente capaz de transformá-la em uma verdadeira rainha de Sabá.

– E, virando-se repentinamente para Pickering, indagou: – Não acredita?

– Decerto que acredito. Na verdade, eu também me dedico a igual ofício. Sou filólogo e estudo dialetos da Índia...

– Alvíssaras! Então deve conhecer o eminente coronel Pickering, autor do maravilhoso *O sânscrito como se fala*...

– Eu sou o próprio Pickering, meu bom homem.

– Mas que coincidência!...

– Acaso posso saber com quem estou falando?

– Henry Higgins, autor do *Alfabeto universal Higgins* – apresentou-se o anotador.

– Acreditaria que vim da Índia apenas para conhecê-lo?

– Decerto que sim. Eu estava indo para lá com o mesmo objetivo.

– Onde o senhor mora, poderia me dizer?

– Como não? No 27A da Rua Wimpole.

– Eu estou hospedado no Carlton. Acaso não gostaria de me acompanhar em um jantar?

– Por que não?

Os dois se preparavam para se afastar, Higgins gesticulando para um táxi que passava, quando a florista se agarrou mais uma vez ao braço do militar e insistiu:

– Por favor, compra uma flô de eu? Tô sim nenhu pra pagá o aluguer...

Pickering sorriu, solícito e indulgente, e explicou-se:

– Lamento, senhorita, mas, como já lhe disse antes, estou sem nenhum trocado no bolso...

Higgins parou e voltou sobre os próprios passos, irritado.

– Mentirosa! – rugiu. – Não faz nem meia hora que você disse que podia trocar meia coroa...

A florista explodiu, replicando:

– Mas qui criatura mais disalmada! O qui ocê tem nesse coração? Chumbo derretido?

Lançou o cesto de flores em sua direção com raiva e acrescentou:

– Toma! Pode levá o cestu intero por seis *pence*!

Vendo Pickering distanciar-se, e em igual medida sentindo-se envergonhado diante de seu comportamento implacável para com a florista, mesmo se apiedando de sua condição miserável ante gesto tão desesperado, levantou o chapéu e dele retirou um punhado de notas, que atirou dentro do cesto.

– Eu... eu... – gaguejou sem saber o que dizer e, por fim, correu atrás de Pickering.

A florista lançou-se com sofreguidão sobre o dinheiro, recolhendo as notas e umas poucas moedas que encontrou entre elas. Tão ansiosa estava em recolher umas e outras, nem percebeu quando um táxi parou a poucos metros dela e Freddy dele desembarcou, nervoso, olhando de um lado para outro.

– Onde está todo mundo? – perguntou, apontando para a marquise do teatro.

– Ué, foram imbora!

– Você viu uma mocinha e uma senhora assim... assim...

– Oia, moço, si são as duas qui penso qui são, elas foram prus lados do mercado pegá o on'bus...

Freddy desesperou-se:

– Quando?

– Quano a chuva parô. Tem um pontu na isquina ali. Vê lá, vê...

– E eu me matando para encontrar um táxi...

– Esquenta a cabeça não, seu moço, que eu vô pra casa neli – a florista levanta-se e, diante do espanto de Freddy, corre para o táxi e, agarrando à maçaneta de uma das portas traseiras, tenta abrir. Assustado, o motorista segurou a porta e a impediu de entrar. Irritada, ela o xingou e mostrou as notas e moedas que tinha nas mãos, fazendo uma careta de impaciência e contrariedade. Ao embarcar, sentou-se ao lado do motorista, um grandalhão mal-encarado e com barba por fazer, que esfregava os dedos da mão impacientemente. Ela colocou algumas moedas em suas mãos e, virando-se para Freddy, pediu: – Pode me dá a cesta, Ferderico?

Abobalhado, Freddy demorou-se alguns segundos, balbuciando:

– Ué, como você sabe meu nome?

Ela sorriu, divertida, e insistiu:

– A cesta, Ferderico...

Ele agachou-se, apanhou-a e a entregou maquinalmente.

– Adeus, Ferderico! – despediu-se, agradecida, lançando a cesta no banco traseiro. Ao voltar-se para o motorista, encontrou-o com a mão espalmada em sua direção.

– Mais dois *pence, milady* – disse ele, com um risinho matreiro nos lábios.

Ela fez um muxoxo e deu-lhe mais algumas moedas.

– Para onde? – ele quis saber.

Ela devolveu-lhe um sorriso zombeteiro e respondeu:

– Pru Palaço di Búquigan.

– Brincô? – disse ele. – Palaço de Búquigan?

O sorriso alargou-se no rosto da florista, que com a ponta dos olhos viu Freddy se distanciar pela rua, rumando para o ponto de ônibus na esquina.

– Eu tava de farra. Queria impressioná o bonitão. Qui qu'eu ia fazê lá?

– Pr'onde nós vai intão?

– Drury Lane. Coladin à loja di azeiti du John Nash.

– Agora sim tu falô mia língua, *milady*.

Primeiro Entreato

Drury Lane, uma passagem estreita em arco, entre duas lojas, uma delas propriedade de John Nash...

A florista.

O nome dela era Eliza. Eliza Doolittle.

Quando o táxi parou, ela desceu carregando a cesta em uma das mãos e bateu a porta.

– Quanto é? – perguntou, ar cansado, ainda brigando com certa sonolência que a fez cochilar em mais de uma ocasião dentro do táxi, à mercê do balanço do carro.

– Ocê num sabi lê, *milady*? – perguntou o taxista, apontando para o taxímetro. – Um *shilling*.

– Um *shilling* pur dois minutu?

– Dois minutu ou dez minutu, dá no mermu.

– Achu um abusu...

– I canta veis ocê andô de táxi, *milady*?

– Centena... não, milhares de veis, rapaz.

– Mió procê intão. Guarda u *shilling* i dá mias recomendação pra veia. Passá bem!

Eliza indignou-se:

– Qui audácia!

A caminhada é curta através da viela até sua casa. Nem é toda a casa, mas um quartinho forrado com um papel de parede dos mais velhos e bem mofado. Vazios de tamanhos variados denunciam os rasgões que consumiram partes generosas do papel de parede florido, mas terrivelmente desbotado. Um dos quadros de vidro da janela está quebrado e remendado com jornal. Mas pelo menos é o *Times*. Os outros estão empoeirados, mal se veem os prédios vizinhos, e um pelo menos está estilhaçado. O retrato de um conhecido ator sobre uma mesinha de cabeceira e uma página de roupas de moda feminina alimentam dois dos muitos sonhos impossíveis de Eliza. Uma gaiola está pendurada na janela, mas o último morador morreu há pelo menos um par de anos, e ela preferiu a ilusão a colocar outro no lugar. A solidão, pelo menos para ela, era sempre melhor do que a certeza da perda que mais cedo sempre sobrevém quando nos apegamos a algo ou a alguém. A perda é dor desagradável. Mais fácil acomodar-se à permanência da solidão, pensava, e até mesmo acreditava.

Nenhum outro luxo era possível. O resto era o que se podia ter por tão pouco e supria suas necessidades cotidianas. Não podia querer mais. Não havia como querer mais.

Lá estava a velha cama coberta com uma quantidade acabrunhante de trapos, lençóis, mas principalmente cobertores vindos sabe-se lá de onde, mas suficientes para assegurar algum tipo de aquecimento. Um caixote de madeira com cortinado, arremedo de uma penteadeira impossível. Em uma das prateleiras improvisadas encontra-se uma bacia, noutra um jarro de água, e por fim um pedaço de espelho. Uma cadeira jaz em um canto, solitária companhia de uma mesa de pernas frágeis, bamboleantes, vinda sabe-se lá de onde, mas há muito tempo, junto com um relógio de alarme (que, aliás, não funcionava mais). Tudo isso iluminado por uma lâmpada de gás que só acende se for colocado um *shilling* na caixa automática, coisa para pobres mesmo. Por isso tudo, inclusive pela lareira inútil naqueles dias, pagava quatro *shillings* toda semana. Era ruim. Podia ser pior. Podia ser as ruas, e as ruas eram morte certa nas noites geladas do inverno londrino.

Costumeiramente cansada, Eliza ainda pensou em espalhar-se na cama, mas o cansaço era tamanho que ela não conseguiu dormir. Preferiu dedicar-se a contar a fortuna recém-adquirida por causa da pressa ou de um levemente perceptível sentimento de culpa do arrogante anotador da porta do teatro. Permitiu-se sonhar e pensar no que faria com tanto dinheiro. Não via tanto fazia muito tempo, e não sabia se veria tão cedo. Cautela. Precisava ser cautelosa. Gastar com parcimônia.

Contou. Recontou. Alegrou-se feito criança. Era realmente uma fortuna para alguém que muitas vezes voltava para casa sem vender uma única flor e cujo maior medo era ser despejada para a desolação das ruas. Naquela noite até se permitiu gastar alguns *shillings* com o gás, e, quando finalmente afundou na profusão de trapos, foi extremamente gostoso submergir no mais prolongado sono que experimentara nos últimos tempos.

Ato Dois

Um rápido olhar, distraído mesmo, sem muita atenção, e facilmente qualquer um alcançaria a compreensão de que estava na casa de um grande pesquisador ou, na pior das hipóteses, na casa de um grande leitor. Assim era a casa de Higgins na rua Wimpole, mas principalmente o seu laboratório.

Na verdade, a sala no primeiro andar fora destinada a ser uma sala de visitas, mas paulatinamente, sem pressa alguma, mas com uma dedicação obstinada a seu ofício, Higgins a converteu em seu território privilegiado de estudos. Há livros por toda parte. Quem, por exemplo, entra pelas portas duplas na parede dos fundos imediatamente encontra dois armários-arquivos, de tal maneira abarrotados de livros e uma infinidade absurda de blocos e cadernos de anotações que fechar gavetas aparenta ser uma das tarefas mais trabalhosas naquela sólida construção. Livros de todos os tamanhos e volumes ameaçam desabar a qualquer momento das prateleiras. No mesmo canto ainda encontramos uma grande mesa sobre a qual vemos um fonógrafo, um laringoscópio, uma fileira de tubos de órgãos com foles, um conjunto de pequenos candeeiros com chamas, destinados à verificação da variação de sopros, ligados a um alimentador de gás por meio de um tubo de borracha, além de várias lâminas de afinação de som de tamanhos diferentes, a imagem de meia cabeça humana em tamanho natural, dando destaque naturalmente a órgãos vocais, e uma caixa com vários cilindros de cera para o fonógrafo.

Cinco ou seis passos adiante, no mesmo lado, encontramos uma lareira, e próximo uma cadeira de balanço coberta de couro, e ao lado um cesto de carvão. Entre a lareira e o fonógrafo há um porta-jornais. Um relógio tiquetaqueia monotonamente na cornija da lareira.

Do outro lado da sala, à esquerda de quem entra, há um armário com gavetas rasas. Sobre ele, uma lista telefônica, e sobre ela um telefone. Deixando seus olhos deambular mais atentamente, encontramos um piano de cauda mais adiante, e sobre ele uma bandeja cheia de bombons, frutas e outros doces.

O centro da sala é um grande vazio. Além dos poucos móveis já mencionados, encontramos apenas outra cadeira, próxima à lareira. Pelas paredes espalham-se algumas gravuras. Em qualquer direção que se olhe, nenhuma pintura, e pelos cantos, pequenas pilhas de livros. Muitos livros.

O coronel Pickering chegara um par de horas antes das onze, e naquele instante, depois de um bom tempo dispendido em minuciosa e inegavelmente admirativa observação do laboratório de Higgins, distraía-se depondo vários cartões sobre a mesa diante da qual se sentara, tendo um dos diapasões na mão por qualquer razão que escapava a Higgins, igualmente ocupado fechando algumas pastas que colocava em uma das estantes dos intimidantes armários-arquivos.

– Penso que não tenho muito mais a lhe mostrar, meu amigo – disse Higgins, jovial.

Robusto e não aparentando mais de quarenta anos, Pickering devolveu-lhe o sorriso, abandonando o diapasão em cima da mesa.

– Acredite quando lhe digo que tem toda a minha admiração e respeito, professor – Pickering sorriu, os lábios torcidos evidenciando certa ironia que se espalhou rapidamente pelo rosto avermelhado. – Apesar de eu me ver forçado a admitir que não entendi nem mesmo metade.

– Santo Deus, coronel, não era a minha intenção. Quer recomeçar?

– De modo algum. Seria inútil, pois tenho certeza de que não reteria nada. Sinto-me chafurdando no pouco conhecimento que tenho com relação às vogais. Eu que me orgulhava tanto de saber diferenciar vinte e quatro sons de vogais... Pobre de mim! O que sou perante seu conhecimento e capacidade de distinguir cento e trinta sons?

– Não se martirize, meu amigo. Isso se aprende com a prática. No princípio, não se percebe a diferença entre vogais afins, mas, depois de certo tempo, ouvido amestrado, as diferenças se apresentam facilmente e sem muito esforço, simples assim, como diferenciar um lá de um si...

Animado, Higgins golpeou alegremente algumas teclas do piano e em seguida apoderou-se gulosamente de um dos bombons que se preparava para levar à boca quando a senhora Pearce apareceu na soleira da porta.

Corpulenta e de ar circunspecto e severo, a governanta de Higgins esforçava-se para disfarçar uma evidente perplexidade, que a fazia olhar para um e para outro, sem, no entanto, nada dizer.

Por fim, decidido a desatar o nó górdio de seu persistente silêncio, ele perguntou:

– E então, senhora Pearce, em que podemos ajudá-la?

O constrangimento ainda a fez titubear por uns instantes, antes de finalmente dizer:

– Tem uma moça lá fora querendo falar com o senhor.

– Moça? – estranhou Higgins, entreolhando-se com Pickering e com a própria governanta. – E ela disse o que quer?

– Ela não entrou em detalhes, e confesso que a minha primeira reação foi mandá-la embora.

– Ué, por quê?

– Se o senhor quer mesmo saber, ela me pareceu bem vulgarzinha...

– Senhora Pearce, francamente...

– Verdade, professor. O jeito como ela se expressa...

– Esses são os meus preferidos.

– E eu não sei? O senhor recebe gente tão esquisita por aqui que eu acabei chegando à conclusão de que o senhor teria o maior prazer em recebê-la. Aliás, foi o que ela disse também...

– Como?

– Ela disse que o senhor iria ficar muito contente ao saber o que ela veio fazer aqui.

Higgins, com um largo sorriso de entusiasmo e interesse nos lábios, tornou a encarar Pickering, e admitiu:

– Mal posso esperar para ver quem é. Mande-a entrar, senhora Pearce.

– O senhor é quem manda – a governanta, sem se preocupar em disfarçar certa contrariedade, saiu e não se demorou muito. Retornou com ninguém mais, ninguém menos do que Eliza Doolittle.

Pickering se levantou e pôs-se hirto e respeitoso diante da jovem florista, emocionado com o esforço feito por ela para se mostrar mais apresentável. Realmente, ela tinha melhor aspecto, apesar da persistência de certo ar simplório e vulgar. Usava um chapéu com três penas de avestruz, em uma berrante mistura de laranja, azul-claro e vermelho. O vestido estava praticamente limpo, e o casaco, apesar de velho, fora bem escovado. Higgins, cuja mente funcionava basicamente conforme seus interesses e seu grande interesse sempre era a fonética, nem se preocupou em demonstrar seu desapontamento.

– Ah, é aquela florista de ontem – resmungou, desinteressado. – Eu já fiz todas as anotações de que precisava sobre a maneira dela de falar. De nada me serve mais. Já tenho anotações demais sobre Lissom Grove. Não vou desperdiçar meu tempo nem um cilindro contigo. Pode ir andando. Não preciso de você.

Eliza irritou-se:

– Mia nossa, mas como ocê é ingnoranti, homi! I ói qui eu inda nem abri a boca...

A senhora Pearce assustou-se; juntou as mãos, ergueu os olhos em quase mudo apelo à benevolência de alguma divindade e gemeu:

– Deus nos proteja!...

Eliza achegou-se a Higgins e, lançando-lhe um temível olhar de contrariedade, reclamou:

– Ocê num sabe por que eu vim aqui...

– E por que você veio aqui? – impacientou-se Higgins.

– Quero que ocê me insini algumas cosas...

Higgins surpreendeu-se:

– Ensinar? Ensinar o quê? O que eu poderia ensinar... ou melhor, o que você seria capaz de aprender de tudo o que posso lhe ensinar?

– Issu é o que o que nois vai vê, viu? I antes que ocê comece a pensá besteira...

– Besteira? Que besteira?

– Qu'eu ia querê de graça...

– Como é?

– Cês num vão com mia cara, eu sei, mas meu dinheiro vali tanto canto o de quarqué um...

– Seu dinheiro? Mas o que eu poderia fazer com o seu dinheiro... – Higgins calou-se por um instante e, sem disfarçar o espanto, encarou-a e perguntou: – E por acaso você tem dinheiro?

– Ué, e eu ia ofrecê se num tivesse?

– Para quê?

– Pra ocê me ensiná...

– Ensinar o quê?

– U sinhô num é prefessô?

– Evidentemente.

– Intão, eu quero umas linção... I vô pagá, viu?

Higgins olhou para Pickering, desorientado, sem entender a que ela se referia. Mais tranquilo e solícito, o militar explicou:

– Lição, meu amigo. Ela quer lição.

A irritação de Higgins repentinamente diluiu-se em uma careta risonha e debochada.

– Lição de quê, posso saber? – perguntou, dirigindo-se a Eliza.

– Lição de fala. Pagano, quero dizê. Num quero nada de graça não, viu?

– Mesmo que você fosse me pagar, o que acha que eu diria?

– Bão, si o sinhô fosse mermo um carvalero, pra cumeçá mi oferecia uma cadera, né? Afinar de conta, eu tô lhe oferecendo trabaio, né?

Mais uma vez Higgins virou-se para Pickering e zombeteiramente indagou:

– O que eu faço agora, coronel? Ofereço uma cadeira ou jogo essa cafajeste janela afora? Onde já se viu...

Revoltada e choramingando, a florista correu e entrincheirou-se atrás do piano, de onde, desafiadoramente, disse:

– Num mi trata assim, não, viu? Eu num sô isso qui ocê tá dizeno. Eu tô cum dinheiro i possu pagá como quarqué madama.

Os dois homens espantaram-se e, depois de uma rápida troca de olhares, Pickering, por trás de um risinho generoso, complacência e indulgência misturando-se em uma combinação das mais carinhosas, achegou-se alguns passos e perguntou:

– E o que você deseja exatamente, minha criança?

Eliza empertigou-se, mais calma e até envaidecida, e respondeu:

– Eu quero arranjá um emprego numa dessas lojas inlegantis de flor que tem por aí im veiz de ficá pelas ruas. Mas ninguém me qué falano do jeito qu'eu falu. Ficam pensano qui eu sô burra pruquê num falo dereito.

– Quanto? – perguntou Higgins com brusquidão.

– Quantu u quê?

Eliza sorriu zombeteiramente.

– Ah, intão é assim? Falô em grana i tudo muda, né mermo? Vai vê qué um poco da grana que colocô na mia mão onti à noite...

Higgins apontou para o banco em frente ao piano e autoritariamente disse:

– Sente-se!

Eliza lançou-lhe um olhar arrogante e disse:

– Vô apreferi ficá de pé.

Pickering achegou-se mais um passo e gentilmente insistiu:

– Queira sentar-se, por favor, minha querida...

Ela devolveu-lhe o sorriso e a amabilidade. Ajeitou-se no banco do piano.
— Brigado, seu general...
Higgins fez um muxoxo de contrariedade e resmungou:
— Qual é o seu nome, afinal de contas?
Eliza insistiu no olhar sério e contrariado ao lhe responder:
— Eliza.
— Apenas Eliza?
— Eliza Doolittle.
— Deus me livre, que nome!
— É o que tenhu, argum pobrema?
— Quanto você quer pagar pelas aulas, Eliza Doolittle?
— Ocê num sabe quanto cobrá?
— Desconfio é que você não pode pagar o que peço, e todo o resto da conversa seria, portanto, inútil, concorda comigo?
— Ói, ocê num me enrola não, viu, seu moço? Uma amiga mia tá aprendendo franceis cum um franceis di verdade, tá sabeno? É só pra enganá uns otários por aí... Ela tá pagano dizoito *pence* por hora, mas ocê num vai tirá uma de esperto cumigo i mi cobrá a merma coisa pra me insiná a mia propia língua, vai?
— Imagine... — Higgins trocou um sorriso debochado com Pickering, antes de encará-la e insistir. — Quanto estava pensando em pagar, posso saber?
— Um *shilling* por hora i não se fala mais nisso, o qui acha?
— Bom, se colocarmos tudo em perspectiva, não acredito que seja má proposta. — Higgins pôs-se a andar de um lado para outro diante dela, remexendo nas moedas e chaves que tinha em um dos bolsos, esforçando-se para dar a impressão de que pensava muito profunda e seriamente na proposta que a florista lhe fizera.
— Como assim?
— Se olharmos para seu *shilling* não como um simples *shilling*, mas proporcionalmente como boa parte de sua renda diária, que, quem sabe,

não vai além de cinco, e se imaginarmos que teremos duas horas de aula por dia, chegaremos à conclusão de que eu abiscoitarei dois terços de sua renda diária. Comparado ao ganho diário de um milionário, que gira em torno de três mil *shillings*, chegaremos à conclusão de que estou sendo excepcionalmente bem pago, pois estarei ganhando o equivalente a cem libras de um milionário.

Eliza levantou-se, sobressaltada e protestando:

– Peraí! – gritou, alarmada. – Que história é essa de cem libras? Eu num tenho cem libras!

– Não me interrompa, mulher! Não vê que estou pensando?

– Mas... mas...

– Sente-se aí, estrupício!

– Que besteragem é essa? Eu nunca disse que ia pagá cem libra procês. Na verdade, eu num tenho di ondi tirá essa dinherama toda, não!

Vendo que ela começava a chorar, a senhora Pearce achegou-se à florista e pediu:

– Não chore, sua bobalhona. Ninguém aqui quer o seu dinheiro, não.

– Não? – gemeu Eliza, trêmula e assustada.

Higgins parou bem na frente dela e rugiu:

– É claro que não! Mas, se não calar essa boca de uma vez, bem posso arranjar um cabo de vassoura para silenciar você de um jeito ou de outro.

– Ocê num é meu pai pra falá ansim cumigo, viu?

– Ah, mas serei pior do que três pais juntos se aceitar a sua proposta, nem tenha dúvida. – Higgins calou-se por uns instantes, indo e vindo pela sala, as mãos inquietamente mexendo nas moedas e nas chaves que trazia no bolso.

Pickering aproximou-se. Incomodava-lhe tanto o silêncio de Higgins quanto a maneira persistente com que fixara os olhos na jovem florista, e por fim afirmou:

– Eu não o conheço há tanto tempo assim, professor. De qualquer maneira, ouso dizer que sou capaz de intuir o que escondes por trás de tão obstinado silêncio.

Um brilho matreiro fez cintilar os olhos de Higgins, o que o deixou ainda mais inquieto.

– Realmente, coronel? – indagou Higgins.

Pickering também lançou um breve olhar para Eliza Doolittle, antes de tornar a encará-lo e insistir:

– Estou interessado. Aliás, vou mais longe ainda...

– Vai mesmo?

– Como não? Na verdade, gritarei aos quatro ventos que o senhor é o melhor professor do mundo se conseguir realizar a façanha que imagino. Aposto quanto quiser que não conseguirá o que pretende, e estou tão certo disso que, para começar, pago todas as lições da moça.

Eliza sorriu, aliviada, e olhando para Pickering afirmou:

– O sinhô é um homi de bom coração, general. Obrigado, muito obrigado...

Os olhos de Higgins cravaram-se nela interessadamente.

– O senhor está me tentando, coronel – admitiu. – Essa criaturinha é tão tentadoramente vulgar, tão sujinha...

Eliza levantou-se num salto, contrariada:

– Mas o que cê tá dizeno, homi? Eu lavei a cara e as mão antes de vir pra cá. Não sou porca não, viu?

Apreensiva, a senhora Pearce achegou-se ao pequeno grupo e, virando-se para Pickering, suplicou:

– Por favor, não alimente mais essa loucura por parte do professor. Eu o conheço bem e ele está com aquela cara...

– Que cara? – inquiriu Pickering.

– A mesma que faz sempre que vai se lançar de cabeça em qualquer absurdo ou despropósito intelectual...

Higgins piscou um dos olhos para ela e, enquanto sua boca se arreganhava num largo sorriso, com o rosto porejado de suor e brilhante de selvagem euforia, afirmou:

– Tarde demais, senhora Pearce. *Alea jacta est!* O desafio já foi aceito, e eu lhe asseguro que transformarei essa malcheirosa ratazana da sarjeta em uma deslumbrante duquesa.

Desnorteada e sem compreender muito bem o que se passava de insondável, mas inquestionavelmente preocupante na cabeça daqueles dois homens à sua frente, Eliza protestou:

– Mas do que ocês tão falano? Eu num quero nada disso. Eu só quero...

Nem Pickering nem Higgins aparentavam estar dispostos a ouvir seus protestos. Simplesmente ignoraram o que quer que ela dissesse, muito mais ocupados que estavam em estabelecer as regras daquele estranho jogo que arquitetavam entre si.

– Seis meses. Eu não vou precisar de mais de seis meses para tornar realidade o que estou planejando – assegurou Higgins. – Talvez até menos, se ela for menos estúpida do que aparenta. Três. Isso, três se seus ouvidos forem tão bons e atentos quanto a língua é afiada. Três meses e eu a farei passar por quem o senhor quiser. Mas, sendo assim, não temos tempo a perder. Começaremos hoje. Na verdade, mais cedo ainda: agora mesmo.

– E, dizendo isso, virou-se para a governanta e ordenou: – Tire-a daqui, senhora Pearce, e dê-lhe um bom banho. Se preciso for, use soda cáustica para limpá-la o mais absolutamente possível. Não pode restar o menor vestígio de sujeira. A propósito: o fogo da cozinha está aceso?

– Está, mas... – Entre alarmada e desorientada, a governanta agarrou Eliza pelo braço ao mesmo tempo que buscava argumentar ou pelo menos apresentar as razões pelas quais considerava toda aquela proposta preocupantemente descabida e até mesmo tola.

Inútil. Completamente inútil.

Higgins achava-se possuído por férrea determinação e imbuído de sólido interesse em levar fosse o que fosse adiante. Conhecia-o bem para saber que nada que dissesse ou por melhor que fosse o argumento que encontrasse na cabeça, o que, pelo menos naquele instante, inexistia por completo, faria tanto ele quanto Pickering, que a um simples olhar dela, a fizera identificar desagradável semelhança de temperamento, desistirem daquele empreendimento misterioso, mas de qualquer forma preocupante.

– Tire esses trapos que ela está usando e jogue-os no fogo – insistiu Higgins, tomado por um ímpeto organizador absolutamente incontrolável.

– Depois ligue para Whiteley, ou para qualquer loja, e mande vir roupas novas. Enquanto a roupa não chegar, envolva-a com qualquer papel de embrulho e cuide para que fique longe dos olhos e ouvidos de qualquer pessoa decente.

Eliza não cabia em si de indignação. Enquanto bracejava furiosamente, tentando inutilmente se livrar da mão da governanta, os olhos deambulavam pelos rostos à volta, retendo-se mais persistentemente no de Higgins, que ia e vinha pela sala, as mãos enfiadas nos bolsos, uma delas produzindo um barulho demorado e irritante com o atrito de moedas e chaves.

– Ocê num vale nada, sabia, prefessô? – esbravejou. – Como pode tratá a genti feito bicho? Ói, eu sô uma moça dereita. Num pensa qui só purquê tá... tá... tá... oia qui eu sô de família!...

Higgins parou abruptamente e a encarou, com os olhos dardejantes de impaciência.

– Basta, ouviu bem?

Eliza recuou, assustada.

– Quê qui cê qué dizê cum isso, sôr? Oia lá, hem?

– Pare logo com essas lamúrias. Que me interessa se você é ou não moça de família? Deste momento em diante tudo o que me interessa e mobiliza é transformá-la em uma mulher fina... – Higgins tirou uma das mãos do bolso e, apontando para a porta entreaberta, ordenou: – Tire-a logo daqui, senhora Pearce, e, se ela lhe der muito trabalho, fique à vontade inclusive para lhe dar uma surra!

Nova irritação de Eliza:

– Ei, peraí, peraí! Qui história é essa de me bater? Ocê tá doido, é? Eu chamu a puliça si...

– Se ficar de todo impossível controlar a fera, tem minha autorização para jogá-la na lata de lixo mais próxima!

Pickering preocupou-se:

– Isso não é um exagero, Higgins?

A governanta, igualmente apreensiva, juntou-se a ele em suas preocupações:

– Eu também acho, professor. Pense bem...

Depois de olhar para um e para o outro, Higgins foi se acalmando, e por fim concordou:

– Talvez seja mesmo. Queiram me perdoar. Nunca foi minha intenção magoar e muito menos maltratar essa jovem, mas, bem ao contrário, ajudá-la a preparar-se e adaptar-se a sua nova posição social. Talvez, na ânsia de realizar tal propósito, eu tenha me excedido e dado a impressão de um tirano, pondo e dispondo sobre a vida da pobrezinha sem sequer levá-la em conta. A minha vontade de ajudá-la é tanta que não queria ferir seus sentimentos e acabei fazendo o que não queria fazer.

A governanta olhou de esguelha para Pickering e perguntou:

– Isso faz algum sentido para o senhor?

O militar sorriu, divertido, e admitiu:

– Com um pouco de esforço, admito...

Mais calma, a senhora Pearce aproximou-se de Higgins e reclamou:

– O senhor não pode tratar uma mulher dessa maneira, professor.

– Ué, por que não?

– Mas que absurdo! E o senhor ainda pergunta?

– Mas, senhora Pearce...

– Essa jovem pode ter família, parentes... Meus Deus, até um marido, ou o senhor não pensou nisso?

– Bem, na verdade...

– Mas que pergunta idiota eu fiz? É claro que não. O senhor nunca pensa nas consequências de seus atos quando lança aos trilhos a pesada locomotiva da irresponsabilidade com esses seus projetos cada vez mais mirabolantes.

Nesse momento, Eliza interveio:

– Eu sô virgi... qué dizê, si arguén qué sabê...

Higgins apontou-a para a governanta e replicou:

– Viu? Ela mesma disse que...

– Disse o quê? Que é virgem? Ora, tenha a santa paciência, professor, toda essa história está me parecendo uma grande maluquice...

– Que história? A senhora nem sabe em que estamos pensando...
– E é exatamente por isso que estou tão preocupada. Que loucura...
Nova intervenção de Eliza:
– Eu também num queru me metê cum sujeitu de p'rafuzu sorto como o sinhô. Biruta aqui basta eu!
– Melhor assim, menina – concordou a governanta. – Volte pra casa e para seus pais...
– Eu num tenho pais...
– Mãe?
– Tamém não. A muié que me mandô imbora de casa era a mia quinta madrasta e meu pai já tinha lavadu as mão cumigo, dizendo que eu já era grandi e pudia cuidá de mim sozinha...
– Bom, chega de tanta enrolação! – atalhou Higgins, incisivo. – Pelo que ela disse, essa moça não tem a ninguém e não é útil a ninguém a não ser a mim mesmo. Sei bem que a senhora saberá cuidar dela da melhor maneira possível...
– Quanto a isso, o senhor não precisa se preocupar – disse a governanta –, pois eu já estava pensando em tomar conta dela.
– Pois então...
– Não tão depressa, professor. Antes que avancemos em qualquer direção, eu preciso saber direitinho como se darão as coisas.
– Como assim?
– O senhor vai pagar um ordenado a ela ou pelo menos pretende tratá-la com um pingo de humanidade?
– Ah, isso eu deixarei a seus cuidados. Pague-lhe o que considerar conveniente e debite na contabilidade da casa, se bem que eu não saiba para que ela vai precisar de dinheiro, se vamos lhe dar casa, comida e roupa lavada, mas, enfim...
– Eu sei o que faço...
– Espero que sim. Com dinheiro nas mãos, essa gente acaba correndo direto para a garrafa e enchendo a cara!
Eliza enfureceu-se:

– Mas que animar mais nojento ocê é, seu moço! Qui tá pensano qui eu sô?

Higgins dirigiu-lhe um olhar cheio de desprezo e redarguiu:

– Quer mesmo que eu diga?

– Fiqui ocê sabeno que esses lábiu nunca sentiram u gosto de quarqué bebida na vida – protestou Eliza. Virando-se para Pickering, suavizou a expressão do rosto e sorriu para ele, antes de dizer: – Ah, general, o sinhô é um carvalero. Por favor, num dêxa eli falá cumigo dessi jeito, não...

Pickering devolveu-lhe o sorriso e, virando-se para Higgins, indagou:

– Este é um ponto de vista interessante, meu amigo. Ainda não lhe passou pela cabeça que essa criaturinha tenha sentimentos e que eles deveriam ser levados em consideração?

Os olhos de Higgins passearam criticamente de cima a baixo pelo corpo de Eliza.

– Verdade, Eliza? – questionou.

– Sô ingal a tudo mundo.

– Não vai ser fácil...

– O quê? – perguntou Pickering.

– Levá-la a falar de acordo com as regras gramaticais. A pronúncia nem é tão difícil, mas a gramática...

– Num tô interessada nisso não, seu moço. Só queru falá ingal a uma dona di loja di flô. Num percisa mais...

Mais uma vez a governanta se aproximou. Aparentava genuína preocupação e, depois de olhar mais uma vez para Eliza, penalizada, virou-se para Higgins e perguntou:

– O senhor por acaso já pensou o que vai ser dessa jovem depois que acabar de aprender o que o senhor pretende lhe ensinar?

– Como assim?

– É, professor, o que vai ser dela?

– E isso deveria ser minha preocupação?

– Francamente, professor!...

– Bem, eu suponho que ela voltará para o mesmo lugar de onde veio.

– Para a sarjeta?

– Se foi de lá que ela veio...

Eliza interrompeu ambos, colocando-se entre um e outro, os olhos indo e vindo deste para aquele com cada vez maior irritação, antes de explodir:

– Pra mim já deu! – disse.

– Deu o quê, criatura impertinente? – resmungou Higgins.

– Ocê é um matusquela lascado de ruim, sabia? Nunca vi coração tão duro i tão sin sentimento. Num liga pra ninguém. Divia pará e pensá um poco na coisa ruim qui é. Isso é dimais pra mim. Té outro dia pra todo mundo.

Deu alguns passos na direção da porta, sob o olhar espantado de Pickering e da senhora Pearce acompanhando seus passos desajeitados, porém decididos.

– Não vá tão depressa, Eliza... – disse Higgins, apanhando um dos chocolates dentro da cesta em cima do piano. Ela parou e o encarou, confusa. – Que tal comer um chocolate comigo antes de ir?

– Acha mermo que vou caí nessa, perfessor? – perguntou ela, desconfiada, na verdade incomodada pelo sorriso malicioso que ele trazia nos lábios.

– Cair em quê?

– Eu já ouvi um monte de histórias de muié que caiu na conversa de uns malandros como o sinhô...

– Que conversa? Não me diga que está pensando que tem alguma coisa no chocolate!

– Tem?

O sorriso de Higgins alargou-se um pouco mais ao mesmo tempo que ele retirava um canivete do bolso e dividia o chocolate, pondo metade na boca e oferecendo a outra para ela.

– Se tiver algum tipo de veneno no chocolate, morreremos juntos – disse, inesperadamente brincalhão. Mastigou vagarosamente e divertiu-se ao vê-la engolir a parte dela e quase se engasgar. Satisfeito, acrescentou:

– Prometo que lhe darei pacotes e mais pacotes desses bombons todos os dias enquanto estiver por aqui. Gostoso?

– Muito – respondeu Eliza, com dificuldade, com a boca lambuzada de chocolate.

– Como andar de táxi também é. Você veio de táxi, não?

– Vim. Pur quê? Pobre num pode andá de táxi?

– Mas é claro que pode. E no futuro você só vai andar de táxi. Já pensou? Você subindo e descendo de táxi pela cidade...

A voz sibilante e persuasiva de Higgins começou a incomodar a governanta, que, depois de uns instantes de silenciosa contrariedade, protestou:

– Não faça isso com ela, professor. A coitadinha precisa pensar no futuro.

– Nessa idade? Que bobagem, senhora Pearce. Geralmente nos ocupamos em pensar no futuro quando não há mais futuro algum em que pensar. O melhor que Eliza pode fazer agora é pensar em futuros melhores do que aquele que o destino lhe reserva, o futuro dos outros. Pense em táxis, bombons, ouro e joias que frequentarão o futuro de outros e estarão à disposição do seu se você...

– Qu'é isso, seu moço? Moça dereita num aceita essas coisa, não...

– Bobagem! A senhora Pearce cuidará de você e lhe garantirá um futuro decente, em que as joias e outras coisas boas da vida chegarão até você da maneira mais honesta possível. Você vai se casar com um oficial da guarda da rainha, o que acha? Vejo pelo seu sorriso que gostou. Ele terá um belo bigode real, daqueles aparados com esmero. Para falar a verdade, ele será o filho bastardo de um marquês de certa relevância que, naturalmente, o deserdará assim que souber que o filho se casou com você. Ah, mas esse não será o fim da história. Ele voltará atrás assim que puser os olhos em você. Na verdade, ele será seduzido por sua beleza e por sua bondade, mas acima de tudo pela maneira encantadora com que se expressa em nossa língua...

Pickering achegou-se à senhora Pearce e, aparentando igual preocupação, insistiu:

– Queira me perdoar por interromper seus devaneios, meu amigo, mas acredito que a senhora Pearce tenha certa razão...

– Em que sentido? – desafiou Higgins.

– Se Eliza vai se colocar em suas mãos, ela tem todo o direito de saber o que eventualmente pode lhe acontecer...

– Como? Não acredito que ela tenha capacidade de compreender coisa alguma. A bem da verdade, nenhum de nós tem. Tivéssemos tal capacidade e simplesmente nada faríamos, a não ser, claro, ver o tempo passar.

– Muito interessante ponto de vista, meu amigo, mas de qualquer forma a senhorita Doolittle deveria ser informada sobre o que a espera...

– Acha que isso mudaria mesmo alguma coisa?

– Que quer dizer?

– Com efeito, coronel! Espanta-me que o senhor, justamente um militar, ainda não tenha se dado conta de que a maioria das pessoas veio ao mundo para receber ordens e obedecer a elas. Para Eliza, mais do que consultá-la e esperar que compreenda e concorde com qualquer coisa, bastará saber que passará os próximos seis meses nesta casa, aprendendo a falar direito a nossa língua com o presumido intuito de se tornar dona de uma loja de flores. Caso se comporte adequadamente e se aplique nos estudos, poderá dormir em um belo quarto, comer montanhas de qualquer comida que desejar e ainda ganhar dinheiro suficiente para comprar bombons e andar de táxi. Caso não alcance tais parâmetros de eficiência, eu pessoalmente a farei dormir com as baratas na cozinha e ordenarei que a senhora Pearce lhe aplique periódicas surras para que se esforce mais e mais adequadamente. Ao fim desses seis meses, nós a conduziremos em carruagem ao Palácio de Buckingham, vestida como uma baronesa, condessa ou como alguém de nossa nobreza. Na hipótese de o rei descobrir que ela não passa de uma farsante, ela será entregue à polícia e levada à torre de Londres, onde terá a cabeça cortada pelo carrasco para servir de exemplo para floristas de rua como ela que se metem a passar por *ladies* da corte. Por outro lado, se ela enganar Sua Majestade, receberá polpuda recompensa para começar a vida como vendedora em uma loja de flores em um dos bairros mais elegantes de Londres. – Calou-se e, olhando para Pickering e para a governanta, indagou: – Então, ficaram satisfeitos?

– Considero mais justo e decente de sua parte, senhor – admitiu a senhora Pearce. – Mas, de qualquer forma, vou conversar mais uma vez com a moça e explicarei com novos detalhes a sua proposta e os riscos que ainda vejo nela.

Quis agarrar o braço de Eliza, mas ela desvencilhou-se com um violento repelão e em seguida cravou os olhos cintilantes de irritação em Higgins.

– U sinhô se acha muito isperto, mas num é nim um poco. Num passa de um biruta metido a espertalhão que acha que todo resto é feito de paspalhão. Vô ficá por aqui purque mi interessa, i só quando eu quisé. Ninguém vai ponhar a mão em mim pra batê, tá sabendo? I essa história de Palaço de Búquiga, quem qué sabe disso? Eu sô moça dereita...

– Não perca seu tempo, Eliza – aconselhou a senhora Pearce, puxando-a para fora da sala. – Eu estou nesta casa há uma eternidade e até hoje não consegui entendê-lo. Vamos, venha comigo.

– Mas eu sô uma moça dereita i...

Finalmente a porta se fechou e a voz de Eliza se perdeu na distância e na vastidão da casa.

Segundo Entreato

*Os degraus foram se sucedendo até que chegaram ao terceiro
andar, algo que surpreendeu Eliza inteiramente,
já que acreditava estar sendo levada
para o porão.*

A senhora Pearce foi à frente, as duas marchando silenciosamente pelos muitos degraus que subiram até alcançar o terceiro andar. Nenhum comentário ou troca de olhares. Raiva ou contrariedade alguma. Subiram, subiram e subiram até que pararam diante de uma porta que a governanta abriu e gesticulou educadamente para que entrasse.

Eliza surpreendeu-se, já que esperava que fosse levada para um porão sórdido, úmido e inacreditavelmente infecto, dada a virulência da discussão entabulada com Higgins.

– Este vai ser o seu quarto pelos próximos seis meses – informou a governanta, o mais impessoal possível, até mesmo fria. – Acomode-se.

Eliza procurou esconder dos olhos atentos da senhora Pearce o espanto e o encantamento que sentia à medida que seus olhos iam pelas acomodações, o odor característico e inconfundível que um dia então longínquo ela sentira sem saber muito bem definir onde. As cortinas escondendo o entardecer que ainda se fazia azul em um céu absolutamente sem nuvens, uma raridade naqueles dias em Londres. Armário para guardar roupa. Uma cama confortável, lençóis e cobertores dobrados e à sua disposição na cabeceira de uma cama larga e de aspecto inacreditavelmente confortável. A mesinha de cabeceira, e sobre ela outros tantos objetos que imaginou serem enfeites.

– Num quero não... – disse, com a voz ligeiramente embargada, como se lutasse contra uma vontade de chorar, tal a emoção que se apoderava dela enquanto ia deambulando pelo quarto, sem saber em seu interior exatamente o que fazer ou mesmo como se comportar. Tudo diferente. Novidade. Inquietude inexplicável. – Na verdade, nem ia drumi aqui. É bom demais pra alguém como eu. Num tenhu corage de mexê nas coisas, sabe? Eu num sô da arta classe, num sei como se faz...

– Você vai se habituar...

– Vô não, moça...

– Senhora Pearce.

– Cumé?

– Meu nome é senhora Pearce.

– Qué qui chame assim?

– Por favor... Para se acostumar, a primeira coisa que tem de fazer é tomar um banho e ficar tão limpa quanto o quarto. Posso lhe garantir que aí o medo começa a desaparecer. – A governanta abriu uma segunda porta e, diante dos olhos de Eliza, apareceu um quarto de banho.

– Mia nossa, o que é isso? A lavanderia? Qui tanqui engraçado, num é?

– Isso não é um tanque, Eliza – informou a senhora Pearce.

– Não? I u que é?

– A banheira. É dentro dela que nos lavamos. É onde eu vou lavar você.

– A senhora qué qui eu entri aí e fique toda moiada?

– É...

– Nem pensá!

– Ué, por quê?

– Eu tô muito jovi pra morrê.

– Que bobagem é essa, Eliza? Ninguém morre por tomar banho.

– Ah, é? Então vai dizê isso pra mia vizinha.

– O que tem ela?

– Ela me contô a história di uma muié que morreu purque tomava banhu todo sábado.

– Diga isso para o professor Higgins.

– Pur quê?

– Tem outro banheiro lá embaixo, e o professor toma banho nele todo dia, e pior, banho frio.

– Jesus-toma-conta! Devi ser di ferro essi homi, ocê num acha?

– Não sei, mas acredite em mim quando lhe digo que, se você vai ficar perto dele e do coronel Pickering para tomar suas lições de linguagem, trate de se acostumar a tomar banho, pois os dois não vão suportar o seu mau cheiro se você aparecer com essas ideias de tomar banho só de vez em quando. Mas você pode escolher que banho vai tomar, pois aí tem duas torneiras. Uma é de água quente, e a outra, de água fria. Basta você regular a temperatura.

Eliza apavorou-se e começou a chorar.

– Isso vai me matar! – protestou. – Eu nunca tomei um banhu na vida...
– Credo, Eliza!
– Qué dizê, de corpu intero.
– Deus me livre!
– Eu num quero morrê.
– Ninguém morre por tomar banho. Morre se não tomar, sua porcalhona!
– Eu num sei...
– Ninguém pode ser limpa por dentro se também não for limpa por fora, Eliza.
– Num possu! Num é coisa de Deus! Num é decenti tirar a roupa na frenti dosotros...
– Quer dizer que você dorme com a mesma roupa suja com que trabalha o dia inteiro, todo dia, durante o ano? Não acredito...
– Ué, tá erradu?
– Nunca mais faça isso enquanto estiver dentro desta casa, ouviu bem? Nunca!
– Ué...
– Vou lhe arranjar uma camisola de dormir.
– Qué dizê qui eu vô tê que trocá minha ropa quentinha pur outra mais fininha? A senhora qué mermo me matá de frio, né?
– Eu quero é transformar uma jovem suja e desleixada em uma jovem limpa e elegante que possa se sentar na companhia de dois cavalheiros educados que estão na sala de visitas neste momento, esperando por você. Vai fazer o que estou lhe dizendo ou vai querer ser jogada na rua como uma qualquer?
– A senhora num sabe o friu que sintu... Eu já vi muita genti morrê de friu, sabia?
– Não se preocupe. Posso lhe garantir que a sua cama vai estar bem quentinha quando você for dormir. Eu mesma me encarregarei de pôr um bom saco de água quente nas cobertas – a governanta empurrou-a para fora do banheiro. – Agora vamos...

— Para onde?

— Você vai tirar essa roupa, e não quero mais nenhuma discussão sobre isso, está bem?

— Si arguém me dizia que eu ia tê que mi limpá todo dia i inté tomá banho, eu num tinha vino pra cá. O meu sujinho nunca me incomodô... — resmungou Eliza, carrancuda.

Eliza relutou em tirar as roupas. Bem mais interessada em acompanhar toda a preparação de seu banho, arrepiou-se quando viu a governanta calçar um par de luvas brancas e pôr-se a encher a banheira, misturando água quente com fria por longo tempo, a fumaça desprendendo-se da banheira, pouco depois desprendendo uns odores agradáveis que aguçaram seu interesse, certamente provenientes dos sais de banho e de um punhado de mostarda adicionado à água. Arrepiou-se dos pés à cabeça quando viu uma enorme escova de banho surgir nas mãos da senhora Pearce — "será que ela lhe bateria com o longo cabo da escova?", indagou-se, olhando para a porta do quarto com a indisfarçável vontade de fugir para bem longe, o mais distante daquela perspectiva higiênica que a ela soava dolorosa. O cheiro do sabão que a governanta esfregou na escova a acalmou, tão poderosamente cheiroso que era. Por fim desfez-se de suas roupas e vestiu o fino roupão que encontrara sobre a cama.

— Tire logo isso e venha pra cá, menina! — impacientou-se a governanta depois de chamá-la pela quarta vez.

— Num possu, madama — respondeu, trêmula e apavorada, com os braços cruzados sobre o peito.

— Como não pode?

— Num possu...

— Bobagem! Venha logo!

— Nunca fiz isso antes...

— Deixe de palhaçada, menina! Ponha logo o pé aí e me diga se a água está quente demais...

Hesitante, Eliza demorou-se ainda por uns instantes, antes de obedecer-lhe. Tirou o pé no ato, gritando:

– Tá pelano!

A senhora Pearce irritou-se e, agarrando-a firmemente, despiu-a do roupão e a lançou de costas dentro da banheira.

– Pode acreditar, querida, você não vai morrer, não! – garantiu, atirando-se à árdua tarefa de esfregá-la com vontade, Eliza esperneando, bracejando, gritando desesperadamente.

– Eu vô morrê! Eu vô morrê! – gritava, o sabão transformando-se em espuma e espirrando água quente para todas as direções possíveis e imagináveis.

Os gritos estrondeavam pela casa e alcançavam até a vizinhança. Três andares abaixo, Higgins olhou para Pickering, os dois sentados no estúdio do professor, ele rindo zombeteiramente e afirmando:

– Todo processo civilizatório no início é doloroso...

Ato Dois
e um pouco mais

    Os dois elevaram os olhos para o alto, espreitando, buscando algo no silêncio que de repentino fora se tornando permanente, naquele momento, a fabulosa eternidade de cinco minutos. Cinco maravilhosos minutos sem os protestos e gritos de Eliza Doolittle.
    – Terá morrido em contato com água e sabão? – indagou Higgins.
Pickering sorriu, divertindo-se com o comentário malicioso.
    – Você é mesmo impiedoso com a pobrezinha, não, professor? – redarguiu, brincalhão. Sentado na cadeira de balanço, endireitou-se e observou: – Seu problema com as mulheres é com todas de maneira geral ou especificamente com Eliza?
    – Quando deixamos que uma mulher penetre em nossa vida, descobrimos de imediato que ela tem um objetivo, e você, outro, muito diferente – filosofou Higgins, dogmático e fortemente aferrado a convicções perceptivelmente inabaláveis. – Todo cuidado é pouco, meu bom amigo, todo cuidado é pouco.
    – Não acha que está sendo radical demais?

– Antes estivesse...

– Eu não sei, não. Toda simplificação nos leva a incorrer em erro...

– De certo modo.

– ... mesmo em se tratando de mulheres.

– Não sei, não. A mulher quer viver a vida dela, e o homem, obviamente, a dele. Essa conta nunca fecha, e tudo acaba em um embate interminável, em que um quer levar o outro para aquele caminho que considera o mais adequado, o que redunda em confusão ou em um acordo tolo no qual ambos se definem por um terceiro caminho, que não agrada a nenhum dos dois. Aliás, é por essas e por outras que continuo onde estou, um alegre e plenamente satisfeito solteirão. E assim espero permanecer até o último de meus dias.

– E quanto às satisfações físicas e inerentes ao homem?...

– E não posso satisfazê-las sem desaguar em relacionamentos infelizes ou na tensão latente de um casamento?

O rosto de Pickering experimentou um leve rubor.

– Se é o que estou pensando...

– Que acanhamento bobo é este, Pickering? Somos homens adultos, e sob tais circunstâncias a quantia certa equaciona todos os problemas que uma eventual solidão possa nos causar...

– Sei bem disso, meu amigo, e creia, não é isso que me preocupa...

– E o que exatamente o preocupa?

– Agora que estou metido nesta história, vejo como minha responsabilidade a moça que está sob nossa responsabilidade. Não me soa bem tentar tirar alguma vantagem da dependência em que ela se encontra, se é que me entende.

– Perfeitamente, Pickering, e desde já lhe asseguro que a jovem em questão será para mim absolutamente sagrada. Ela é minha aluna, e debaixo do meu teto não tocarei sequer em um fio de seu cabelo desgrenhado e seboso. Sem o necessário distanciamento, nem eu nem meus alunos poderiam tirar o melhor proveito do que pretendo ensinar.

Os dois se calaram bruscamente ao ver a porta se abrir e a senhora Pearce entrar com o chapéu de Eliza na mão.

– Então? – questionou Higgins. – A pestinha lhe deu muito trabalho?

Taciturna e pouca afeita a maiores comentários, a governanta disse:

– Se me permite, professor, eu gostaria de trocar uma ou duas palavrinhas com o senhor.

Um rápido olhar de inquietação foi trocado entre os dois homens, antes que Higgins se voltasse para ela e, apontando para o chapéu, pedisse:

– Não queime o chapéu, senhora Pearce. Quero conservá-lo como lembrança dessa insólita relação pedagógica.

Ela lhe entregou o chapéu.

– Cuidado, professor – advertiu. – Ela só concordou em me entregar o chapéu quando me comprometi a não o queimar...

– Não é a minha intenção, acredite... – Higgins abandonou o chapéu displicentemente sobre o piano e, virando-se mais uma vez para ela, insistiu: – O que deseja?

Pickering levantou-se da cadeira de balanço, encarou-a e indagou:

– Incomodo?

– De maneira alguma, coronel – a governanta virou-se mais uma vez para Higgins e admitiu: – No momento e no meio de toda essa história, a minha grande preocupação nem é o senhor, mas o professor.

Higgins espantou-se:

– Eu? Por quê?

– Perdoe-me a sinceridade, professor, mas doravante eu gostaria de lhe pedir que tenha mais cuidado com a sua língua...

A indignação transpareceu facilmente no rosto avermelhado de Higgins, mas acima de tudo no modo como alteou a voz, transbordante de contrariedade e inconformismo.

– Como assim?

– Ah, professor, nós dois sabemos muito bem que, quando o senhor perde alguma coisa, principalmente a calma, o senhor permite certas liberalidades vocabulares à sua língua que podem ser absolutamente impróprias, ainda mais agora que temos uma dama aqui em casa.

– Se entendo bem, a senhora está insinuando que eu praguejo? É isso?

– "Vão pro inferno", "desgraçados!", "canalhas!", "com todos os diabos!", "que bosta de coisa é essa?", eu preciso repetir outros, professor?

– Madame Pearce...

– Eu pessoalmente já estou acostumada, mas temo que a frequência de tais expressões em sua boca possa ter um efeito contrário aos propósitos pedagógicos que manterão a jovem Eliza nesta casa pelos próximos seis meses, concorda?

Higgins, contrariado, deixou-a sem resposta por uns instantes, provavelmente em busca de certo apoio para aquela peleja que se entrevia em seu rosto e que pretendia iniciar com a governanta. Fosse por isso ou por qualquer outro motivo, Pickering o frustrou, sorrindo e dizendo:

– Ela está coberta de razão, meu amigo. Não se faça pedra de tropeço a seu próprio ofício. Não é pedir muito para que modere a linguagem, é?

– Não, não é – respondeu o professor. Voltando-se para a senhora Pearce, Higgins perguntou: – É só isso?

– Tem mais uma coisa...

Higgins bufou, impaciente.

– O que é?

– Temos de ser bem rigorosos com a senhorita Doolittle no que tange à questão de higiene pessoal.

– Perfeitamente...

– Percebemos que a pobrezinha é bem refratária à relação com água e sabão – observou Pickering.

– O senhor nem imagina quanto, coronel – admitiu a governanta. – Como também temos de ficar atentos com a roupa que ela usa e ao hábito extremamente desagradável de largá-las pela casa.

– Sua observação é assaz pertinente, senhora Pearce – aduziu Pickering.

– Temos de dar o exemplo.

– Muito justo – concordou Higgins.

– Por isso eu lhe peço, professor, que, quando vier tomar seu café da manhã, abstenha-se de vir de camisola de dormir, e do mesmo modo que se precavenha de usá-la como guardanapo. Acrescentem-se a isso outros de seus exóticos hábitos alimentares, como misturar a salada com a manteiga ou o hábito abominável de pôr geleia na palma das mãos antes de comê-la.

– Eu não faço isso!
– Professor...
– Nunca fiz!
– Uma boa cheirada em sua camisola irá denunciá-lo facilmente, professor...

Pickering sorriu, divertido, com toda aquela situação, depois comentou:
– Ela o pegou de jeito, meu amigo! Desista!

Higgins anuiu com um aceno de cabeça e aceitou o conselho, dizendo:
– Está bem, está bem. Vou levar em conta todas as suas recomendações, senhora Pearce. Satisfeita?
– Espero que não o tenha ofendido, professor...
– De modo algum, senhora Pearce.
– Um último pedido, professor...
– O que é?
– Posso vestir a nossa hóspede com alguma roupa do senhor. Pelo menos até amanhã, quando irei à loja comprar algumas... Eu não posso vesti-la com as mesmas roupas com que chegou aqui, o senhor compreende, não é?
– Fique à vontade, senhora Pearce.
– Obrigado, professor.

Ela saiu rapidamente, e Higgins voltava-se para Pickering quando se surpreendeu ao ver a governanta voltar, ofegante e atarantada.

– O que houve, senhora Pearce? – perguntou.
– Os problemas começaram bem antes do que imaginávamos, professor – disse a governanta.
– Como assim? – indagou Higgins. – Eliza...
– Não, ela não...
– Então o quê?
– Tem um lixeiro aí fora que insiste em falar com o senhor...
– Lixeiro? Ah, atenda-o a senhora mesmo e livre-se dele, por favor. Eu...

– Eu tentei professor, mas ele insiste em falar com o senhor. Diz que se chama Doolittle e insiste que é pai de Eliza.

Pickering levantou-se de um salto da cadeira de balanço, preocupado, gemendo:

– Xiii, e agora?

Inabalável, Higgins voltou-se para a governanta e pediu:

– Traga logo esse patife.

– Ele pode não ser um patife, Higgins – ponderou Pickering, apreensivo.

– Obviamente que é.

– Que seja. De qualquer forma, pode nos causar problemas.

– Se alguém aqui terá problemas, será ele, eu lhe asseguro.

A governanta saiu e, em pouco mais de dez, quinze segundos, retornou com um tipo rubicundo, e olhos brilhantes e calculistas. Mal ele entrou e retirou o chapéu, Pickering e Higgins prenderam o nariz entre o indicador e o polegar, alcançados pelo fedor que exalava das roupas e da própria criatura grisalha.

– Prefessô Iguin? – disse ele, ainda parado na soleira da porta, os olhos indo confusamente de um para o outro, sem saber quem entre eles era Higgins.

Higgins adiantou-se ao coronel e apontou-lhe a cadeira junto à porta, ordenando secamente:

– Senta aí!

O recém-chegado obedeceu, o sorriso revelava uma gengiva rósea onde contava-se a ausência ponderável de dentes e a presença de outros tantos em nauseante aparência de desleixo. O mau hálito fez Higgins recuar, com uma expressão de asco no rosto mais e mais contrariado.

– Bom dia, patrão... Temu um assuntu muito sério pra conversá.

Higgins olhou de esguelha para Pickering e observou:

– Criado em Hounslow. Mãe presumivelmente irlandesa... – alcançou Doolittle com um olhar autoritário quando ele, espantado, fazia menção de dizer qualquer coisa. – O que o traz em minha casa, senhor?

– Vim buscá mia fia.

– Ah... que felicidade, terei a oportunidade de conhecer o pai dela!...
– Isso, isso. Sou eu...
– Folgo em saber que, mesmo sendo uma pessoa perceptivelmente de parcos recursos e envolvida em interminável dificuldade de sobrevivência, não perdeu os laços familiares tão caros a boa parte de nós.
Doolittle encarou-o, boquiaberto.
– Cumé?...
– Sua filha está lá em cima, e o senhor pode levá-la agora mesmo.
Doolittle levantou-se em um salto, a surpresa substituída por um inesperado, porém visível temor.
– Cumé isso? Possu?
– Certamente. Por que eu a reteria em minha casa, privando-a de tão precioso contato com a família? De maneira alguma. Vamos, vamos, pegue-a. A senhora Pearce vai levá-lo até ela...
– Carma, carma. Acho que u sinhô intendeu tudo errado. Num queru levá nenhuma vantage dessa situação só pruquê a fia é mia i o sinhô a troxe pra cá. Eu só quiria sabê a mia parti nessa coisa toda...
– Coisa? Parte? Do que está falando, meu bom homem? Não estou entendendo...
– Mas... mas...
– A sua filha veio até aqui e veio com uma conversa de que queria que eu lhe ensinasse a se portar e falar como uma dama. Quer trabalhar em uma loja de flores, e não mais na rua como uma qualquer, foi o que ela disse, e até se ofereceu para pagar pelas aulas. Este cavalheiro que nos ouve no momento e minha governanta, que o senhor também já conheceu, estiveram presentes o tempo todo e são testemunhas do tratamento respeitoso que dediquei a sua filha, e até há poucos minutos eu acreditei que era isso e apenas isso que ela queria. Agora tudo mudou, e quando vi a sua repentina aparição é que compreendi o que vocês tramavam. – Higgins inclinou-se ameaçadoramente em sua direção, praticamente o forçando a continuar sentado. – É chantagem, não? Você a mandou até aqui já com alguma história sórdida na cabeça e com o único objetivo de

me arrancar um bom punhado de libras com alguma acusação. E, como acreditava, eu faria tudo para que não se espalhasse pela vizinhança. Não é isso, seu biltre?

– Qu'é isso, patrão? Eu num pensei nissu, não...
– Ah, é? Então como soube que ela estava aqui?
– Eu... eu...
– Ah, deixe pra lá. Vou chamar a polícia, e ela terá muito tempo e interesse em arrancar a verdade do senhor. Como profissionais experientes e acostumados a lidar com gente da sua laia, eles saberão arrancar a verdade do senhor, se é que me entende...
– Qu'é isso, seu moço? Qui qui cê tá pensando? Arguém aqui disse quarqué coisa? Arguém tá pedino dinheiro a arguém?
– Então o que quer aqui?
– Pra que qui eu ia vim aqui?
– Essa pergunta é minha.
– U sinhô num tem coração?
– Muito. Só não gosto de espertalhões... Diga aí: ela sabe de seus planos?
– Jesus-toma-conta, patrão. Si mia minina ficá sabeno, ela mi mata.

Mais calmo e ponderado, Pickering interveio e perguntou:

– Então como você soube que ela estava aqui?
– U mininu...
– Que menino?
– Ela veiu de táxi cum um mininu. Deu uma carona pr'ele, só pra si divirti. Era pra eli ir simbora, mas eli ficô vadianu por aí, quereno pegá uma carona de vorta. Quando mia Eliza sube que ia ficá aqui, chamô u mininu e pediu pr'ele busca as bagagi dela. Quanu eu encontrei cum eli, eli mi cuntô tudo. Aí eu mi preguntei: "Alfie, quar é sua obrigação comu pai?". Aí eu respondi: "Buscá mia fia", qui num é certu dexá ela na casa duns istranhus que nem conhecia i nem sabia qui genti era.
– E cadê as tais bagagens dela?
– I cê acha qui a instalajadera ia intregá a mi, ansi, sim mais nim menus? Foi uma dificurdadi convencê a muié...

– Que bagagem é essa?

– Umas bobajadas que ela juntô, nada mui importante...

– Então você veio aqui para salvá-la de uns aproveitadores? – indagou Higgins.

Doolittle sorriu, endireitando-se na cadeira e um pouco mais tranquilo, confiante mesmo.

– Num diria mió, prefessô.

– Mas, se você pretendia levá-la de volta para casa, por que trouxe as bagagens?

O medo ensombreceu o rosto de Doolittle.

– Cumé?

– Não se faça de bobo, seu patife. Você entendeu bem... – rugiu Higgins, rilhando os dentes com raiva.

– Quanu eu dissi que ia levá ela pra quarqué lugar?

– Mesmo que não tenha dito, agora vai levar, e bem depressa, viu? Eu já estou me cansando de toda essa história!

Doolittle empalideceu completa e irremediavelmente. As palavras desapareceram de seus lábios, e a boca abria e se fechava sem o menor vestígio de um gemido ou grunhido.

– Fais isso não, patrão. Ansim vô instragá a carrera da minina...

Higgins ignorou-o solenemente e chamou a governanta, que no momento seguinte abriu a porta e entrou.

– Esse senhor é o pai da Eliza, e ele veio buscá-la para levá-la de volta para casa – informou, apontando para o sujeito que tremia como que grudado na cadeira, incapaz de dizer ou fazer qualquer coisa. – A senhora pode trazê-la?

– Mas como, professor? Obedecendo às suas ordens, eu já queimei todas as roupas dela.

– Não quero nem saber! Dê algum dinheiro a ela, e ela que compre qualquer coisa para se vestir.

A governanta alarmou-se:

– A esta hora, professor?

Doolittle finalmente levantou-se e, colocando-se entre ambos, disse:

– Ocê num qué qui eu levi a pobrezinha pelada por aí, qué, perfessor?

– O senhor disse que queria sua filha, e eu vou entregá-la ao senhor. Quanto às roupas dela, aí já não é problema meu.

Mais uma vez a senhora Pearce interveio. Virando-se para Doolittle, ponderou:

– Eu sou a governanta do professor Higgins e coube a mim comprar novas roupas para sua filha. Logo que os vestidos chegarem, o senhor poderia voltar e levá-la para onde quer que seja. Está bem assim?

Doolittle olhou para ela, e seus olhos passearam pelo rosto de Pickering e de Higgins ainda por uns instantes, antes de ele fazer menção de acompanhá-la. Aparentava estar resignado, mas sua resignação não durou três ou quatro passos, antes de mais uma vez parar e encarar Higgins.

– Ocê num é homi bobo, i muito menus eu, prefessô... – um brilho astucioso iluminou subitamente seus olhos.

A compreensão alcançou Higgins rapidamente. Irritou-o. Era perceptível a raiva que sentia, mas, depois de fungar poderosa e demoradamente sem desviar os olhos de Doolittle, virou-se para a governanta e disse:

– O senhor Doolittle vai ficar mais um pouquinho conosco, senhora Pearce. Acho melhor a senhora sair.

Ela alcançou o lixeiro com um rápido olhar de desprezo e concordou:

– Também acho. Meu estômago está revirando...

Saiu.

No momento seguinte, Pickering achegou-se a Doolittle e informou:

– O que tem em mente, senhor?

– Nóis pode fazê um acordo que seja bom pra nóis dois...

– Em que está pensando? – perguntou Higgins, afastando-se dele e sentando-se na banqueta em frente ao piano.

– Como muié, mia fia num é de si jogá fora, mas como fia poco o di nada me serve. A vida é dura pra nóis, i eu tenho otras boca pra alimentá. Si fossi homi sem eira nim beira eu não me percuparia, mas o sinhô tem borso cheio i parece ser honestu dimais pra deixá um pai sin a necessária compensação...

– O senhor quer dinheiro, é isso? – perguntou Pickering.

– U qui é uma nota de cincu pra ocês, num é mesmo?

– Você precisa saber que Higgins é um homem decente, e as intenções dele para com sua filha são as mais sinceras possíveis – insistiu Pickering.

– I eu num sei? Si assuspeitasse qui eli era um ordinariu, eu pedia logo uns cinquenta pela minina...

Higgins levantou-se num salto, revoltado.

– Canalha! – rosnou, os olhos esbugalhados de tanta raiva. – Está querendo dizer que venderia sua filha por cinquenta libras?

– Craro que num vindiria pra quarqué um, mas pru sinhô...

– Mas que sujeito mais sem moral... – espantou-se Pickering.

Imperturbável, Doolittle ajeitou-se na cadeira e resmungou:

– Homis cum dinheiro gostam muito de jurgá aqueles qui poco o nada tem. Tudo é preto ou brancu pra quem tem borso cheio, mas é diferente pros pobri. Queru só o mió pra mia Eliza, i si ela vai tê uma vida boa, purquê qui eu tamém num possu tê? Eu num deixei ela na rua i nem passano fomi. Dei u que pude, i si num dei mais foi purquê num tinha i tinha otros pra dá de cumé i visti...

– Não acho decente dar dinheiro a esse homem... – disse Pickering, contrariado.

– Também não gosto da ideia, coronel, mas poderíamos fazer algo diferente...

Pickering lançou um demorado olhar para Doolittle, ainda bem contrariado.

– Poderíamos insistir em apelar a seus bons instintos – disse. – Afinal de contas, estamos procurando fazer o bem para a filha dele...

Higgins olhou na mesma direção.

– Eu não perderia meu tempo – afirmou com ceticismo. – Melhor dar logo as cinco libras que ele pede e encerrar o assunto de uma vez.

– Sabe que será um desperdício de bom dinheiro inglês, não?

– Provavelmente... – Higgins tirou a carteira do bolso interno do paletó e aproximou-se de Doolittle, dizendo: – Acho que vou lhe dar logo dez libras.

– Nem pensá, perfessô! Eliza num tem essi valô todo nim eu quero mais du que mereço. Um homi começa a ficá imprudenti quanu começa a punhá tantu dinheiro no borso. Fica besta i começa a pensá nu futuro, guarda dinheiro i a felicidade vai pru ralu. U sinhô me paga o qui pidi i fico gratu. Nu meu nomi i nu da patroa.

– Você bem que podia pegar todo este dinheiro e se casar, por exemplo – opinou Pickering.

– Qui conseio mais besta é essi, seu coroner? Ela já me arreleia muito como tamus agora. Pra que buscá mais encrenca?

Higgins devolveu uma das duas notas de cinco libras à carteira e lhe entregou a outra.

– Cinco libras então? – disse.

Doolittle apressou-se em pegá-la e guardar em um dos bolsos, o largo sorriso de dentes ausentes rivalizando com o mau hálito indescritível que afugentou tanto Higgins quanto Pickering.

– Agardecido di couração, perfessô...

– Tem certeza de que não quer mesmo as outras cinco libras? – insistiu Higgins.

Doolittle piscou marotamente um dos olhos e respondeu:

– Tarveis notra ocasião, perfessô...

Precipitou-se na direção da porta. Aparentava estar ansioso para sair, provavelmente temendo que Higgins mudasse de ideia ou mesmo fosse convencido por Pickering a fazê-lo, os dois apressando-se em chamar a polícia ou algo ainda mais assustador. A pressa era tamanha que mal abriu a porta e praticamente se chocou com uma mulher miúda, excepcionalmente bem vestida com um elegante roupão azul ornamentado com flores brancas, provavelmente jasmins. Limpa e bem penteada, exalava um perfume agradável que fez Doolittle retirar o chapéu e inclinar-se reverenciosamente.

– Discurpa, sinhurita, eu...

A recém-chegada fulminou-o com um olhar enfurecido, e irritada resmungou:

— Qualé, véio? Tá tão cegu que num cunheci mais sua fia, é?

Doolittle espantou-se ao descobrir embaixo de tanta limpeza e odores agradabilíssimos a própria filha.

As expressões de espanto espalharam-se e se misturaram, Doolittle gemendo:

— Jesus-Maria-José! É ocê mermo, Eliza?

Higgins o acompanhou:

— Estou pasmo!...

Pickering sorriu, deliciado, verdadeiramente encantado, e balbuciou:

— Mas o que é isso, gente?

Desconcertada, Eliza olhou para um e para outro e finalmente perguntou:

— Que foi? Tô feia?

Severa e carrancuda, a governanta achegou-se aos homens embasbacados e rosnou:

— Muito bem, senhores, fechem a boca e controlem suas emoções antes que a cabeça da moça fique cheia de ideias.

— Hem?

— Poupe-se de elogios e de problemas – insistiu a senhora Pearce, antes de virar-se para Eliza e dizer: – Um pouco menos feia do que antes do banho...

Higgins, embora enfrentando grande dificuldade para não parabenizá-la pela mudança na aparência, preferiu atender ao apelo da governanta e acrescentou:

— Feiosa!

— Deveras – concordou Pickering, com relutância.

— Vai ficá mió cum u chapéu – rapidamente Eliza apanhou o chapéu que estava em cima do piano, ajeitou-o na cabeça e marchou até a lareira, com o corpo empertigado, transbordando vaidade.

Parcialmente refeito do próprio espanto, Doolittle sorriu e, emocionado, comentou:

— Puxa vida, gente, num pensei qui um poco de água i sabão fizesse mia fia ficá ansim tão bunita. U qui acha, fessô?

Eliza sorriu com entusiasmo e, voltando-se para Doolittle, acrescentou:

– I si o sinhô vissi comu é farci a gente si limpá aqui, pai... Tem tornera de água fria, água quenti, escova de monti e tantu sabão i sabonete... É farci andar cheroso quando si tem dinheiro, sabia?

Higgins sorriu, entusiasmado.

– Fico feliz que tenha gostado do banheiro, Eliza – disse.

– Mas eu não gostei.

Espanto geral.

– Como assim?

– É isso mesmo...

Higgins, inconformado, virou-se para a governanta e perguntou:

– Do que foi que ela não gostou, senhora Pearce?

Ela sorriu, embaraçada, e respondeu:

– Ah, foi realmente uma bobagem, professor. Se fosse o senhor, nem me preocuparia com isso...

– Tivi vontade di quebrá... – disse Eliza, ar birrento, verdadeiramente obstinado.

Novo olhar para a governanta, que, desconcertada, falou:

– O espelho, professor. Ela não gostou de se ver no espelho.

– Ué, por quê?

– Vai saber.

Higgins virou-se para Doolittle e, desnorteado, indagou:

– Mas que tipo de educação exótica você deu para essa menina, senhor?

O lixeiro apressou-se em se defender:

– Ei, num aponta essi dedu pra mim, não, fessô. Eu num dei educação nin'uma pr'ela. Tudo o que dei foi uns bons tabefes, mas pareci que num ajudô muito... mas se percupe não, que logo ela si ajeita nas suas maneras empoladas.

– Eu sô de família i num queru sabê de manera empolada di ninguén, viu?

– Raios! – praguejou Higgins, surpreendendo a todos e fazendo Eliza recuar, assustada. Foi exatamente para ela que ele se virou, e irritado ameaçou: – Se você repetir mais uma vez que é de família, eu a pego e devolvo na mesma hora para seu pai!

Ela sacudiu os ombros displicentemente, não dando a menor importância às ameaças de Higgins.

– U sinhô num conhece mermo o meu pai, num é, fessô? Eli num s'importa cumigu. Tudo que qué é uns cobres pra enchê a cara. I ocê que num crie confusão cum nossu amigo fessô qui eu ti dobru na cinta.

– Se o senhor nem tem alguns conselhos úteis a dar para a sua filha, que tal dar-lhe pelo menos a sua bênção e ir embora?

– Perdê tempo pra quê? Mió dar uns bons conseios procê, fessô. Si qué mermo pô essa bisca nu caminhu, carece de perdê tempo com muita conversa fiada. Mete a mão nela di vez in quando e tudo se resorve facinhu, facinhu...

– Você virá aqui para vê-la de vez em quando, não vai, senhor Doolittle? – preocupou-se Higgins.

– Craro, craro... – respondeu Doolittle, evasivamente, saindo na companhia da senhora Pearce.

Eliza sorriu, divertida, e virando-se para Higgins alertou:

– Num cai nessa conversa não, fessô, que meu pai mente oiando nu zoi da gente. Pode creditá: tão cedu eli num vai ponhá os pé nessa casa...

– Não faz questão de vê-lo?

– Pra quê?

Pickering aproximou-se. O constrangimento era real. Aparentemente incomodava-se com a desimportância como tanto a filha quanto o pai se tratavam.

– Seu pai é realmente lixeiro, Eliza? – perguntou.

Ela sorriu debochadamente e, lançando um olhar de pouco-caso para Doolittle, respondeu:

– Tamém. Mas eli é bom mermo tirandu a grana de uns otário por aí... A propósito, coroné, u sinhô num vai mi chamá di novu de sinhurita?

Pickering sorriu, generoso.

– Ah, queira me desculpar – disse. – Eu esqueci...

A governanta entrou, sorridente, e, achegando-se à jovem florista, informou:

– Eliza, as roupas acabaram de chegar...

– OObbbbaaaaaaaaaaaaa...

O entusiasmo foi tanto que Eliza precipitou-se para a porta, saindo em desabalada carreira, a governanta apavorada em seu encalço.

– Deus do céu...

Mais uma vez na sala de estudos de Higgins, Pickering repuxou os lábios e fez uma careta de genuína preocupação, repetindo:

– Minha nossa... minha nossa...

– Que dureza nos espera, hem, coronel? – disse o professor.

– Um mouro trabalharia menos, meu amigo, bem menos...

Terceiro Entreato

Impossível não imaginar com viva curiosidade como transcorreria uma das aulas que Higgins daria para Eliza. Portanto, entretenhamo-nos com a primeira delas.

Da crisálida misteriosa, da qual tudo e mais um pouco poderia advir de bom, mas principalmente de ruim, fez-se formosa borboleta que a Higgins surpreendeu e a Pickering encantou. Eliza apareceu diante de ambos simplesmente deslumbrante, exalando o odor agradável certamente de um caro perfume, com roupas novas. O espanto não foi maior para ela mesma, desacostumada do próprio odor e igualmente das roupas novas e mesmo de três refeições diárias, de um quarto imaculadamente limpo e de todas as comodidades que dentro daquela casa só faziam se multiplicar em novidades e mais novidades.

A senhora Pearce a escoltou firme e escrupulosamente até o estúdio onde Pickering e Higgins a esperavam e saiu no mesmo quase silêncio de meia dúzia de palavras. Sentimentos distintos e confusos animavam a primeira manhã de lições. Por um lado, inquieta e fazendo com que se mexesse a todo instante na cadeira, Eliza se sentia espreitada por Higgins, que ia e vinha à sua volta, espreitando a presa, apenas à espera do momento mais propício para atacá-la. Em contrapartida, tranquilizava-a com seu olhar generoso e o sorriso simpático que iluminava o rosto extremamente bem escanhoado.

"E então?", parecia se perguntar, sem saber exatamente o que esperava por ela.

– Diga o alfabeto – pediu Higgins, secamente, parando a seu lado, com as mãos às costas, o corpo hirto de um comandante arrogantemente cheio de si, certo de estar conduzindo suas tropas por caminho certo e conhecido.

Ela lançou-lhe um olhar contrariado e resmungou:

– Qui tipu de bestalhona cê tá pensanu qui sô? Pensa qui num sei um arfabetu?

– Apenas diga, por favor.

– Eu num sô niuma tapada não, viu?

Higgins bufou, impaciente. Pickering sorriu para ela com generosidade e, por trás de sua já conhecida indulgência, insistiu:

– Faça apenas o que o professor lhe pediu, senhorita Doolittle, e entenderá o porquê da coisa toda, está bem?

Eliza sorriu de volta, sensibilizada.
- Adoru u seu jeitu inducadu, coroné... - fez uma careta contrariada para Higgins e principiou: - Ar, biê...
O rosto do professor ensombreceu, intimidador.
- Pode parar! Pode parar!
Eliza espantou-se:
- Qui é qui eu fiz agora?
- Na verdade foi o que você não fez que me incomodou - respondeu Higgins. Virando-se para Pickering, indagou: - Está vendo aqui o que estão fazendo neste momento com o suado dinheiro do contribuinte, meu amigo? Olha o que a nossa educação pública está jogando nas ruas de nossas cidades. Não acredite no que lhe digo, mas antes em seus ouvidos. - Mais uma vez apontou para Eliza e rugiu: - Ar, biê, ciê... dá pra acreditar? Essa infeliz foi trancada em uma sala para aprender a mesma língua falada por Milton e Shakespeare e olha o resultado de tanto esforço. Ar, biê, ciê... dinheiro jogado fora! Dinheiro jogado fora!
- Que exagero, Higgins - ponderou Pickering, preocupando-se com os olhos de Eliza já marejados de lágrimas.
- Qui é qui eu fiz? - indagou ela, olhando para um e para outro, desorientada. - Tô falanu erradu?
Higgins, acalmando-se, inclinou o corpo até que seu rosto praticamente tocasse o dela. Permitiu-se um breve sorriso e disse:
- Está bem, está bem. Precisamos de calma, muita calma nessa hora, toda a calma do mundo...
- Eu num sê... - Eliza gaguejava, recuando, assustada, temendo aquela inesperada proximidade.
Ele a calou, atravessando o indicador sobre os lábios dela e dizendo:
- Vamos tentar outra coisa - Eliza balançou a cabeça, concordando.
- Repita comigo, bem devagar - ela balançou a cabeça mais uma vez.
- Apartar...
- Arpartá...
- Ótimo, ótimo. Outra... Tegucigalpa.

– Tegulcigalpa...

Higgins endireitou o corpo, exultante.

– Viu, Pickering? Perfeito. Corrigindo a tendência a rotacismos e lambdacismos e esse enervante prolongamento do A até que pareça um R, a pronúncia está correta.

Pickering partilhou seu entusiasmo, piscando um dos olhos para Eliza no intuito de acalmá-la. Ela não entendeu muito bem, mas partilhou de seu alívio, como a compreender que, fosse o que fosse, fizera corretamente.

– Eu não lhe disse, meu amigo? Vai dar tudo certo, acredite...

Duas ou três frases foram ditas, e Higgins solicitou que Eliza repetisse, o que foi feito mais por um misto de temor e obediência do que de compreensão acerca da relevância do que fazia. Tudo parecia uma grande perda de tempo, loucura de um homem que parecia obcecado em fazê-la repetir à perfeição tais palavras, sem levá-la a qualquer lugar ou constatação, a não ser, claro, a de que estava diante de um rematado idiota ou louco.

– Chá – ele disse, e em seguida insistiu: – Repita!

Ela obedeceu:

– Chár.

– Pode ficar melhor. Diga "chá" e cale-se.

– Chár.

– Maldito "r"! – explodiu ele, suavizando o tom de voz e dissimulando a impaciência e raiva ao ver que a assustava, os olhos arregalados da pobre mulher quase saltando das órbitas, fixos nele. – Jogue a língua bem para a frente e para cima até forçá-la com vontade contra a parte do centro da gengiva. Assim: chá...

Eliza tremia desesperadamente quando repetiu:

– Chár.

– Não, não. Ouça bem. Chá...

– Chááá... – o rosto dela até se iluminou com uma expressão de satisfação que se desfez no momento seguinte quando mais uma vez: – rrr.

Higgins praguejou e, rilhando os dentes com irritação, ameaçou:

– Repita mais uma vez esse maldito "r" e eu pego você pelos cabelos e a arrasto de um lado para o outro até me cansar. Vá!

– Chá.

Higgins gritou:

– Ela conseguiu!... Novamente!

– Chá – As lágrimas escorriam dos olhos de Eliza enquanto ela repetia: – Chá... Chá...

– Brilhante! – Higgins afastou-se, exultante, indo de um lado para o outro da sala, celebrando consigo mesmo, repetindo a palavra "chá" como um mantra transformador, uma palavra mágica capaz de afastar para bem longe a má pronúncia que vitimava sua aluna.

Pickering compadeceu-se dela e, acariciando-lhe generosamente os cabelos, disse:

– Foste mesmo brilhante, querida. Continue repetindo e só pare quando estiver absolutamente satisfeita consigo mesma. Ao contrário do que pensa Higgins, você é inteligente. Vai aprender com extrema facilidade... Vai, sim!...

Eliza levantou-se num salto e precipitou-se na direção da porta, saindo e subindo correndo para o quarto que ocupava no terceiro andar.

CHÁÁÁÁÁÁÁÁRRRRRRRRRRRRRRRR

Ato Três

O aprendizado, por si só, não leva a lugar nenhum e não se presta a muita coisa se não é experimentado, testado e por fim avaliado como de alguma forma útil e produtivo. Assim pensava Higgins, e, depois de quase três meses de exaustiva e profícua atividade que testemunhara até com grande apreensão, endossava Pickering. Eliza se mostrara uma aluna renitente e obstinada nas primeiras lições, e seu professor apresentara-se inflexível e por vezes absolutamente cruel. Não fora sem razão que Pickering tivera de abandonar seu papel de simples observador e se lançar muito delicada e diplomaticamente à missão de apaziguar virulentas discussões entre os dois.

Aferrada àquela prosódia singular e arrevesada, Eliza resistiu até heroicamente àquela construção mais rígida da língua inglesa.

– Compreensão não é correção, mas apenas preguiça intelectual! – bradava Higgins, indo de um lado para outro do estúdio, redemoinhando em torno da cadeira onde via de regra mantinha a aluna aprisionada a seus pressupostos gramaticais e à férrea determinação de expurgar de seu cotidiano o que ele definia como "o massacre cotidiano da língua inglesa e a submissão ao reducionismo intelectual que constrói e aprisiona as massas populares mais eficientemente do que as grades de uma cela e as algemas eficientes da ignorância".

Os primeiros meses foram tempestuosos. Entrincheiradas a suas crenças primordiais, as frustrações se somavam a outras tantas resistências. Por causa disso, não foi com certo assombro que, ao final do segundo mês, Eliza tomou seu primeiro banho sem a intervenção da senhora Pearce. Tal gesto, escrupulosamente verificado e confirmado pela governanta, apresentou-se como o desencadeador de outros tantos sucessos linguísticos por parte de Higgins, de tal modo que mais um mês e ele se sentiu animado o bastante para empreender uma nova etapa em seus ensinamentos.

– Amanhã iremos à casa de minha mãe – anunciou triunfalmente.

A senhora Higgins, no auge de seus sessenta e poucos anos muito bem vividos e entregue a uma viuvez até mesmo pachorrenta e tranquila, naqueles tempos residia num belo apartamento no Chelsea Embankment, no qual três janelas abriam-se para a bela paisagem do rio, ornamentadas com balcões de flores. Embora não levasse a extremos a simplicidade geral que se via em qualquer direção em que se olhasse, não se encontraria a profusão de móveis, tapetes e miudezas encontráveis com extrema prodigalidade no apartamento do filho. Educada dentro de princípios de sólida frugalidade, todo o ambiente não emanava excessos de pompa ou exagerada elegância, o que, a bem da verdade, era o seu maior mérito. Tapetes, cortinas, móveis, até mesmo o papel de parede, objetivavam conforto e praticidade. Tudo na medida certa, nenhuma miudeza inútil. Os quadros se contavam em menos de uma dezena e espalhavam-se pelas paredes, a quase totalidade exibindo vários membros da família ao longo de dois ou três séculos, exceção feita apenas por uma paisagem de Cecil Lawson, encimando a lareira à esquerda da porta que se abriu com brusquidão quando, por volta das cinco horas da tarde, Higgins a abriu.

Acostumada àquelas entradas portentosas e turbulentas, a senhora Higgins, sentada diante de uma escrivaninha muito simples e elegante, dirigiu-lhe um olhar complacente, e em tom de censura observou:

– Hoje não é seu dia de me visitar, Henry querido. Sabe disso, não?

– Certamente, minha mãe – respondeu ele.
– Então o que está fazendo aqui? Estou esperando algumas visitas, sabia?
– Quanta bobagem! Desde quando seu filho precisa marcar hora para visitá-la?
– Desde que ele mesmo estipulou tal comportamento. Agora seja um bom menino e saia logo. Minhas visitas já devem estar chegando.

Higgins fez um gesto de pouco-caso e inclinou-se para beijá-la. Mais do que depressa, ela apressou-se em tirar o chapéu de suas mãos e, levantando-se, colocou-o na cabeça dele, resmungando:

– Tenha um bom dia!

Higgins a beijou e sorriu, dizendo:

– Eu sei que hoje não é o meu dia.
– Então vá logo embora.
– Mãe...
– Falo sério, Henry. Você é bem desagradável. Ofende meus amigos e é extremamente eficiente para afastá-los daqui. Bastam dez minutos, se tanto, para que eles deixem de me frequentar até por meses.
– Tudo bem, tudo bem. Reconheço que sou um pouco singular...
– Singular? Muita generosidade da sua parte. Você é um chato!
– Lamento, mamãe, mas necessito de sua ajuda em um trabalho.
– Trabalho? Que tipo de trabalho?
– Trabalho fonético.
– Lamento, meu querido, mas estou sem tempo e com nenhuma disposição para seus trabalhos com vogais e consoantes. Aliás, nunca tive. Somente um chato como você para dedicar tanto tempo e disposição para algo tão insípido e pernóstico.
– Mamãe, eu juro que, se tivesse tempo, me entregaria a nova conversação com a senhora acerca da relevância do que faço, mas, no momento, tempo é o que menos tenho. Estou com uma moça aí fora...

O rosto da senhora Higgins assumiu uma expressão sorridente e brincalhona.

– Moça? Você disse uma moça? – interessou-se.

– Tire esse sorriso bobo dos lábios, mamãe. Não se trata de nenhum caso amoroso.

– Ah, eu já me resignei com o fato de que você não se interessa por nenhuma mulher com menos de quarenta e cinco anos.

– Realmente eu não tenho nem tempo nem paciência para lidar com crianças. Aprecio mulheres do seu estilo...

– Se isso fosse realmente verdade, você bem sabe o que poderia fazer para me agradar, não sabe?

– Sei, sim. Casar. – Higgins marchava mais uma vez de um lado para outro, as mãos enfiadas nos bolsos, uma delas mexendo nervosa e insistentemente com as moedas e chaves que ali carregava.

– Antes fosse apenas isso... – A senhora Higgins parou à frente dele e rugiu: – Você poderia parar com esse barulho medonho? Isso sempre me dá nos nervos!

Higgins a atendeu.

– A jovem está vindo para cá.

– Não me lembro de ter convidado ninguém...

– E não convidou. Na verdade, nem convidaria se soubesse de quem se trata.

– Ué, por quê?

– É uma florista. Na verdade, uma dessas vendedoras de flores com quem cruzamos nas ruas. Eu a encontrei em Covent Garden.

– E no momento seguinte a convidou para acompanhá-lo até aqui?

– Fique tranquila, minha mãe. Eu estou lhe dando lições há mais de três meses e ela evoluiu bastante. Vai dar tudo certo, não se preocupe. Eu a preparei para não só saber o que falar, mas, antes de mais nada, o que não falar. "Limite-se ao bom dia, como vai a senhora, como está passando?" foi o que pedi a ela...

– Bem adestrada, então, não é mesmo? Aliás, trata-se de uma moça ou de um cachorro?

– O que é isso, minha mãe?

– Você é mesmo um tolo, meu filho?

– Eu tinha de começar por algum lugar, não? Acredite, tudo vai dar certo. Pickering está conosco. Ele vai me ajudar. Nós apostamos que eu faria com que essa jovem se transformasse em uma duquesa em seis meses...

– Acredita que ganhará a aposta?

– Não duvide.

– Nem você parece acreditar completamente no que diz, meu filho.

– Vocês conversarão apenas sobre dois temas: o tempo e a saúde.

– E por que sobre esses temas especificamente?

– Terreno seguro. Ela me preocupa quando envereda pelo campo dos conhecimentos gerais. Como já disse, eu a encontrei em Covent Garden, e ela mora nas imediações de Drury Lane.

– Você se mete em cada uma, meu filho...

– Não se preocupe. Vai dar tudo certo, repito. Eu vou ganhar a aposta de Pickering. Ela progrediu admiravelmente bem e rápido. O inglês dela está deslumbrante, você deveria ver. Ela está falando tão bem quanto a senhora fala francês.

A senhora lançou-lhe um risinho maroto e questionou:

– Isso é um elogio?

– Mais ou menos. Quer dizer, não basta uma boa pronúncia, mas também o modo como ela utiliza essa pronúncia...

– É aí que eu entro?

– Exatamente... – Higgins calou-se e virou-se quando uma das empregadas surgiu à porta, a mãe olhando na mesma direção.

– A senhora e a senhorita Eynsford chegaram...

– Raios! Eu não contava com isso – disse o professor, contrariado, apressando-se em apanhar o chapéu de cima da mesa e encaminhando-se para a porta. A mãe saiu em seu encalço, e os dois quase se chocaram com as recém-chegadas.

– Queridas, este é meu filho, Henry – ela o apresentou, enquanto ele tocava a aba do chapéu e inclinava a cabeça em uma reverência respeitosa, porém impessoal, e apresentou ambas a ele: – Querido, essas são minhas amigas, a senhora e a senhorita Eynsford.

– Ah, então esse é o seu famoso filho?!... – disse a senhora Eynsford, exibindo um sorriso amistoso. – Nossa, há quanto tempo eu queria conhecê-lo...

Higgins recuou para perto do piano e, sem a menor preocupação em esconder de mãe e filha a sua contrariedade, limitou-se a gemer:

– Muito prazer.

– Imagina! O prazer é todo nosso, não é mesmo, Clara?

A jovem senhorita Eynsford exibia um ar alegre e simpático quando encarou Higgins e respondeu:

– Certamente, mamãe.

– Creio que as vi em algum lugar... – disse Higgins.

– Verdade? Onde?

– Não faço ideia, mas sua voz não me é estranha. Bem, não importa. Sente-se logo aí.

Mãe e filha se entreolharam, pouco à vontade diante da brusquidão vocabular de Higgins, o que obrigou a senhora Higgins a amenizar o constrangimento das recém-chegadas, dizendo:

– Perdoem, queridas, mas meu filho já é notório por sua quase ausência completa de boas maneiras. Simplesmente o ignorem, por favor.

– Imagine... – A senhora Eynsford foi a primeira a sentar-se em uma cadeira próxima.

A filha a acompanhou, sentando-se entre a mãe e a anfitriã de ambas, enquanto Higgins se afastava com uma terceira cadeira, sentando-se no extremo oposto do piano àquele em que as três mulheres se reuniram.

– Concordo com a minha mãe – disse, mas lançando um olhar assustado para Higgins, que se levantava e encaminhava-se para a janela.

Ele deu a impressão de que iria contestá-la de maneira habitualmente grosseira, mas calou-se ao ver a criada retornar e informar:

– O coronel Pickering.

Pickering esquivou-se dela enquanto entrava, o rosto iluminado por um largo sorriso.

– Como vai, senhora Higgins? – perguntou.

– Feliz com a sua visita, coronel – respondeu ela, apresentando as duas mulheres.

– Henry já lhe falou do motivo de nossa visita? – indagou, cumprimentando-as efusivamente.

O professor achegou-se a ambas e, depois de olhar para as duas mulheres sentadas à sua frente, resmungou:

– Infelizmente fomos interrompidos...

A senhora Higgins alcançou-o ainda aborrecida com um olhar de perceptível censura e grunhiu:

– Você já está passando dos limites, Henry. Lembre-se de que está em minha casa.

Mãe e filha se entreolharam, constrangidas, e a mais velha delas fez menção de se levantar, dizendo:

– Se estamos atrapalhando, podemos voltar em outro dia...

– Bobagem! – tranquilizou a ambas a anfitriã, com os olhos fixamente cravados no filho, como que a controlá-lo e impedir que avançasse em seus modos intempestivos e grosseiros. – A bem da verdade, não poderiam ter aparecido em momento mais oportuno...

Mãe e filha se entreolharam, um misto confuso de embaraço e curiosidade na troca de olhares. Voltaram a sentar-se; a mais jovem Eynsford, desconfiada, indagou:

– Verdade?

– Certamente – a senhora Higgins sentou-se ao lado dela e, prendendo uma de suas mãos entre as dela, acrescentou: – Estamos esperando uma amiga e seria interessante que ela conhecesse outras pessoas além de nós... – Calou-se, surpresa, ao ver a criada aparecer pela terceira vez à porta. Olhando para Pickering e Higgins, indagou: – Será ela?

Os dois encolheram os ombros, mas não responderam, pois Freddy desvencilhou-se da criada que o anunciou e saía. Antecipando-se à possibilidade de nova grosseria do filho, a senhora Higgins marchou ao seu encontro, aceitou o cumprimento dele e apressou-se em apresentar Pickering e o filho, que lhe apertou a mão ao mesmo tempo que afirmava:

– Macacos me mordam! Estou com a impressão de que também já o encontrei em outra ocasião...

– Acredito que esteja me confundindo com outra pessoa, professor – redarguiu Freddy. – Sou um bom fisionomista, e, se tivéssemos nos encontrado antes, eu lhe asseguro de que me lembraria.

– Ah, não importa. Sente-se aí e me ajude, por favor, pensando em algo para conversarmos enquanto Eliza não vem.

– Quem? – surpreendeu-se Freddy, os olhos indo de um rosto a outro.

– A pessoa que estamos esperando – esclareceu Clara, a jovem Eynsford, com uma expressão de enfado no rosto. A perplexidade persistiu obstinadamente no rosto do irmão, o que a levou a acrescentar: – É uma amiga da família...

– E então? – insistiu Higgins. – Sobre o que falaremos?

– Sinceramente, não penso em nada – admitiu Freddy.

Higgins sorriu debochadamente.

– Tão ruim assim? – disse.

A mãe aproximou-se e, com o constrangimento dando lugar a passos largos a evidente aborrecimento, resmungou:

– Você pode ser o centro das atenções nas reuniões da Sociedade Real de Ciências, meu filho, mas nestes momentos consegue ser de uma grosseria que espanta até mesmo a mim...

A velha senhora Eynsford interveio:

– Ah, mas o que é isso, minha querida? A espontaneidade é uma qualidade de poucos. Eu mesmo prefiro a naturalidade de pessoas como seu filho. Se todos nós fôssemos sinceros e disséssemos o que realmente temos em mente...

– Deus me livre, minha senhora! Isso seria ainda pior...

– Por quê?

– A senhora já pensou verdadeiramente se todos nós começássemos a dizer o que estamos pensando em reuniões como esta? E se todos abríssemos a boca e desandássemos a dizer o que bem entendemos, despreocupados com as conveniências e com os sentimentos dos outros? Acredite, a reunião não duraria muito.

— Acredita mesmo nisso, professor?

— Tenho absoluta certeza. Somos todos selvagens, uns um pouco menos, outros um pouco mais, e mesmo assim inescapavelmente selvagens. A poesia, as artes em geral, e principalmente as ciências, estão por aí, criação do humano, mas igualmente desprezadas ou mesmo desconhecidas da maioria dos humanos. Criadas para lhes aparar as arestas de barbárie, mas igualmente ignoradas ou desprezadas por essa mesma barbárie resiliente, que teima em fazer parte de muitos de nós. A conveniência mais do que a civilidade nos alcança com algum tipo de controle. Pouco ou nada sabemos. Eu mesmo, o que sei de filosofia?

— De filosofia, nem desconfio — cortou a senhora Higgins, irritada. — Mas de boas maneiras arrisco-me a dizer que seus conhecimentos são limitadíssimos!

Um conflito aberto entre mãe e filho anunciava-se no silêncio constrangido de todos, mas antes de mais nada no rosto anuviado da senhora Higgins. No entanto, no mesmo instante a porta da sala abriu-se mais uma vez e a criada entrou, anunciando:

— A senhorita Eliza Doolittle...

A repentina e elegante aparição de Eliza emudeceu a todos, surpreendendo até mesmo Pickering, que a acompanhara desde o apartamento na Rua Wimpole, Higgins, que com ela tomara café antes de partir para o apartamento da mãe, mas especialmente Freddy Eynsford, que desde que ela cruzara o umbral da porta não tirava os olhos de sua figura esguia e delicada, simplesmente encantado. Por mais que se olhasse e se observasse, ninguém reconheceria na recém-chegada a espevitada e turbulenta vendedora de flores de meses atrás.

— Muito prazer, senhora Higgins. Como tem passado? O professor Higgins disse que eu não a incomodaria se viesse até aqui passar alguns momentos com a senhora.

A correção era absoluta, uma breve hesitação aqui e ali não maculava a perfeição extraordinária, por vezes mesmo afetada, que residia em seu tom de voz. Agradável. Extremamente agradável, o encantamento se completando com a elegância de seus trajes e com o frescor e esbelteza pessoal, os modos envoltos em uma suavidade hipnótica.

– Realmente – respondeu a anfitriã. – Estou muito feliz de recebê-la em minha casa, senhorita Doolittle.

Um por um, Eliza foi apresentada a todos, até àqueles que já conhecia, como o coronel Pickering:

– Como tem passado, senhorita?

– Muito bem, coronel.

A senhora Eynsford a cumprimentou e acrescentou:

– Tenho certeza de que já nos encontramos em outra ocasião...

Enquanto Eliza se sentava em um pequeno canapé, apresentou a filha:

– Esta é Clara...

E Freddy, cada vez mais interessado nela, adiantou-se, sedutor:

– Estou seguro de que já nos vimos.

Foi apresentado pela mãe:

– Este é o meu filho, Freddy.

– Muito prazer. – O rapaz sentou-se ao lado dela, os olhos incapazes de desviar-se de sua jovialidade solícita e envolvente.

– Com todos os diabos!

O grito de Higgins surpreendeu a todos e levou todos os olhares a convergir para ele, entre curiosos e assustados. Ele sorriu, como que satisfeito em voltar a ser o centro das atenções, e prosseguiu:

– Como pude esquecer?

Irritada, a mãe achegou-se e indagou:

– Esquecer o quê, Henry?

– Onde nos vimos. Foi na saída do teatro, em Covent Garden...

O embaraço tolheu a todos e, por alguns instantes, nem uma palavra foi dita, e os olhares foram de um extremo a outro, do que se aproveitou Higgins para atabalhoadamente sentar-se entre Freddy e Eliza no canapé.

– Não parece que vai chover logo mais? – por fim perguntou a senhora Higgins, buscando na banalidade de um breve comentário atmosférico libertar-se do obstinado silêncio que envolvia a todos.

– Segundo os prognósticos mais recentes, a frente fria proveniente do norte avança lentamente e breve chegará à região ocidental do país, o que, no entanto, não nos permite concluir ou acreditar em qualquer mudança do tempo para os próximos dias.

Surpreso, Freddy gargalhou gostosamente e, virando-se para ela, comentou:

– Impressionante, senhorita Doolittle!

Eliza preocupou-se.

– Terei dito algo errado? Não me parece...

– Você é realmente uma graça, senhorita Doolittle...

A senhora Eynsford, voluntária ou involuntariamente, foi em seu socorro, comentando:

– Bem ao contrário, querida. Eu já estava preocupada e pensando que iria ficar ainda mais frio. Seria assustador para uma mulher na minha idade, ainda mais agora que, ao que parece, existe uma epidemia de gripe por aí. Morro de medo. Está se tornando uma tradição em nossa família nesta época do ano. Ao primeiro vento frio, todo mundo cai de cama.

– Minha tia morreu de gripe – comentou Eliza. – Pelo menos foi o que disseram, mas eu pessoalmente nunca acreditei...

– Que tristeza...

– Eu sempre acreditei que fecharam a velha.

– Fecharam?

A surpresa da senhora Eynsford inquietou Eliza, que por uma fração de segundo calou-se, insegura. Temendo ter-se descuidado, buscou Higgins e Pickering com o olhar, mas, como nenhum dos dois demonstrou alguma preocupação e os outros ainda se divertiam com sua narrativa, continuou:

– Só pode. Uma mulher forte como ela não ia morrer de uma simples gripe. Sabe, um ano antes, ela havia tido difteria das mais violentas e saiu dela mais forte do que antes, contrariando a todos que achavam que ela já estava morta. Só o meu pai não desistiu e continuou enfiando gim pela goela dela até que a velha abriu os olhos com tanta disposição que mordeu de entortar a ponta da colher, vocês acreditam?

– Minha nossa!...

– É o que eu lhe digo, ela era forte como um touro. Além disso, o que aconteceu com o chapéu de palha dela? Ele estava novinho, e ela havia prometido que deixaria para mim. Alguém afanou, e quem é capaz de afanar um chapéu também é capaz de fechar qualquer um.

A curiosidade da senhora Eynsford aumentou:

– Em que sentido você emprega essa palavra fechar, minha querida?

Atento, Higgins mais que depressa achegou-se de ambas e, virando-se para a velha senhora, explicou:

– Trata-se de um uso mais moderno, uma expressão que se espalhou rapidamente por nossa cidade, em que fechar uma pessoa significa assassiná-la.

A mulher empalideceu e, virando-se para Eliza, indagou:

– A senhora não acredita que sua tia foi assassinada, acredita?

– Como não? As pessoas com quem ela andava não valiam nada, e certamente a matariam até por um alfinete, quanto mais por um chapéu de palha novinho.

– Mas seu pai não ajudou muito a pobre coitada obrigando-a a ingerir bebidas alcoólicas quando ela se encontrava em tal estado? Vocês não pensaram na possibilidade de ter sido isso que a matou?

– Bobagem! Para ela, álcool era como água, isto é, se ela bebesse água. Aliás, tanto ela quanto meu pai bebiam muito...

– Santo Deus, minha criança, seu pai bebia?

– Muito.

– Deve ter sido horrível para você, não?

– Nem tanto. Na verdade, eu até preferia...

– Como assim?

– Ele ficava bem bonzinho quando estava bêbado. Dava umas moedinhas para meus irmãos, não batia em ninguém... A coisa era tão boa que, quando ele não estava bêbado, a mãe se incumbia de lhe dar algum dinheiro e recomendar que ele só voltasse quando estivesse tropeçando nas próprias pernas. Quer saber? Há homens que são o diabo sóbrios, mas verdadeiros anjos depois de um pileque. – Repentinamente, Eliza calou-se,

virou-se com muto interesse para Freddy e perguntou: – Ei, dá para saber do que o senhor ri tanto?
– De você – respondeu ele, quase caindo do canapé de tanto rir.
– Ué, por quê? Eu disse alguma coisa errada?
Quanto mais ela se virava para Freddy e insistia, mais ele ria, a ponto de a mãe e a irmã se olharem, embaraçadas, e a senhora Eynsford por fim repreendê-lo. Portanto, coube à senhora Higgins sorrir generosamente para Eliza e responder:
– De maneira alguma, querida.
– Ainda bem. Eu estava preocupada. Sabe como é, né? Eu...
Eliza calou-se, apreensiva, ao ver Higgins retirar o relógio da algibeira e depois de lhe lançar um rápido olhar, pigarrear, grunhindo incompreensivelmente para a maioria. Ela e apenas ela compreendeu o que isso significava e, mais que depressa, levantou-se.
– Bem, creio que ocupei em demasia o tempo de todos. Tenho de ir...
– Higgins, que continuou sentado, pigarreou mais vigorosamente dessa vez, o que a levou a voltar-se para a senhora Higgins e estender-lhe a mão.
– Gostei muito de conhecê-la, sabia?
– Do mesmo modo, senhorita Doolittle.
Apertaram-se as mãos.
Eliza despediu-se de todos e rumou para a porta. Freddy levantou-se em um salto e, antecipando-se a ela, abriu a porta e perguntou:
– A senhorita me permitiria acompanhá-la?
Ela sorriu, divertida.
– Mas eu não vou a pé, senhor Eynsford.
– Não?
– Decerto que não. Vou de táxi.
Ao sair, Eliza deixou para trás a expressão taciturna e compenetrada de Higgins, que não desviava os olhos do relógio, e o breve sorriso de satisfação de Pickering, mas antes de mais nada o ar sonhador e apaixonado no rosto de Freddy Eynsford, que se encaminhou para a janela e de lá só saiu depois que o táxi em que Eliza embarcou desapareceu na distância de Battersea Park.

Quarto Entreato

A situação dela em casa é a de aluna e mais nada. Para chegar ao ponto em que hoje se encontra, precisamos dar-lhe aulas o dia inteiro. Além do mais, ela tem-se tornado muito útil. Já sabe onde estão guardadas as minhas roupas, anota meus compromissos, etc., etc., etc.

Foi apenas um deslize. Por uns poucos instantes, ela descuidou-se e escorregou nas consoantes insidiosas e traiçoeiras, perdeu-se nas malditas vogais e enroscou-se na confusão que havia tempo se estabelecia dentro dela e aguçava-se mais e mais à medida que os dias se passavam no apartamento de Higgins. Passado e presente embarafustavam-se dentro de sua consciência, e ela não sabia com quem estaria dentro de um ou dois anos. Temia o seu futuro quanto mais se tornava uma Eliza interessante para Higgins e Pickering e abandonava a Eliza que fora na vergonha crescente sempre que se confrontava com ela, ou como ocorrera na casa da senhora Higgins, com um fragmento dela.

Como seria?

Em que estava se transformando?

"O senhor não pensa no que está fazendo, professor!"

Ouvira aquela frase casualmente alguns dias antes. Descia de seu quarto no terceiro andar e a ouviu proferida pela senhora Pearce. Naturalmente preocupada. Preocupada com ela, Eliza sabia. Percebia na afetuosidade crescente que lhe destinava. Nos olhares mais complacentes. Até mesmo em um ou outro sorriso carinhoso que lhe dirigia.

Por vezes via-se preocupada genuinamente com seu futuro e apenas consigo mesma. Pickering e Higgins comportavam-se como crianças que brincavam até com entusiasmo com uma boneca de carne e osso. Mesmo que os dois insistissem que se tratava de um trabalho sério e que a estavam transformando para o seu próprio bem e para lhe garantir um futuro mais decente, de tempos em tempos Eliza tinha lá suas dúvidas.

Eles estavam inventando uma nova Eliza, e por vezes ela se sentia amedrontada com o resultado daquele experimento a que se entregara no início pensando em abandonar as ruas e a solidão angustiante do quartinho miserável em Drury Lane e que assumia um rumo que desconhecia, ou melhor, que a cada dia que passava mais temia.

A transformação era evidente e, apesar de um ou outro deslize, cada vez mais difícil de ser abandonada. Não era apenas aprender a falar direito, expressar-se com correção, ampliar os horizontes, sua humanidade, como Higgins gostava de dizer sempre que desanimava e ficava tentada a abandonar tudo nem que fosse para voltar para Covent Garden. Preocupavam-lhe as dúvidas que cresciam com as novas maneiras, os hábitos e o jeito elegante de ir e vir, a dicção comum às grandes damas da sociedade londrina. Encantava-se com o que aprendia e com o que acrescentava à sua existência, mas sentia-se atormentada por um questionamento cada vez mais frequente à medida que os seis meses iam se escoando em seu cotidiano e ela se tornava outra Eliza...

De que lhe serviria tudo o que aprendia se com tanto conhecimento não viesse a fortuna que acompanhava as grandes damas da sociedade londrina?

O quê?

Eliza não dormia direito sempre que tais indagações assombravam suas noites silenciosas no terceiro andar da Rua Wimpole. Envolver-se cada vez mais nas muitas atividades de Higgins: cuidar de sua roupa e de sua agenda de compromissos intermináveis, compilar anotações e se envolver na arrumação de uma incompreensível papelada. Dedicar-se cada vez mais aos estudos quanto mais se aproximava a recepção no Palácio de Buckingham, o ápice de todo aquele experimento...

Inútil.

Desesperador.

Não sabia o que fazer, o que iria realmente acontecer. Nas noites mais insones, olhava-se no espelho e cada vez menos encontrava a Eliza que fora; igualmente ainda não via a Eliza que viria a ser. Se é que viria a ser qualquer coisa além de um experimento bem-sucedido de dois solteirões patéticos.

Um grande ponto de interrogação.

Era como se via em tais momentos.

Ato Quatro

Foi um delírio. Mesmo depois que tudo se acabou e os rostos sorridentes de Pickering e Higgins se repetiam em sua mente, Eliza ainda se sentia mergulhada em prolongado sonho, um sortilégio embriagador de imagens recorrentes e invariavelmente felizes. Por vezes beirava a incredulidade. Custava-lhe crer que tudo aquilo acontecera, a começar por sua presença em pleno Palácio de Buckingham. Não era mais a sala do apartamento da senhora Higgins ou uma ou outra vernissagem em qualquer lugar especialmente elegante e refinado de Londres. Não estava ludibriando uns poucos amigos e conhecidos em algum teatro de West End ou passeando por Covent Garden apenas para se divertir passando por pessoas que conviveram com ela por muitos e muitos anos e naquele instante foram incapazes de reconhecê-la. Não, não e não. Fora algo bem maior e até mais arriscado. Lembrava-se.

Como poderia esquecer?

As roupas extremamente elegantes. As joias caras. Os muitos cabeleireiros e maquiadores que Higgins trouxera para a Rua Wimpole com o intuito de torná-la esplendorosa. E ela certamente estava. Na verdade, desde o momento em que entrou no táxi na companhia de Pickering e

Higgins, os dois impecavelmente vestidos com *smoking jacket*, sobretudo e chapéu, legítimos cavalheiros dignos de frequentar os salões do palácio real, ela tivera a consciência de duas coisas extremamente importantes: estava inquestionavelmente deslumbrante, e todo aquele encantamento tinha hora certa para acabar.

No princípio, resignou-se. Na verdade, despreocupou-se, dizendo a si mesma que a única coisa a fazer ou o melhor a fazer era aproveitar quanto pudesse todo aquele jogo tolo de vaidades e aparências, a diversão de seus dois acompanhantes. Atravessou a cidade alimentando aquela única expectativa e concentrando-se em recapitular tudo que aprendera ao longo daqueles seis meses com o único intuito de desincumbir-se o melhor possível em seu papel, a baronesa de Qualquer-Lugar (esquecera, ou melhor, fizera questão de esquecer assim que pôs os pés para fora, enquanto Pickering e Higgins discutiam animadamente os termos do pagamento da aposta bem diante dela, como se ela não existisse ou não estivesse ocupando o mesmo carro que eles).

Mesmo depois de tantos meses entrando em restaurantes luxuosos e ambientes dos mais diversos, mas extremamente requintados, ou deles saindo, foi com grande assombro que desembarcou no palácio real para, apesar de certa tensão, misturar-se sem pressa alguma à pequena multidão de convidados. Em muitas ocasiões, Higgins e Pickering tiveram de puxá-la carinhosamente pelo braço para que não permanecesse estática e pasma entre os convidados, admirando algum objeto ou quadro. O ir e vir de criados elegantemente vestidos ou dos cada vez mais interessados a quem era apresentada pelos dois homens a atordoou na primeira meia hora, mas aos poucos, inteirando-se do próprio papel que deveria representar, tranquilizou-se e até se deleitou, divertindo-se com a maneira como iludia cada vez mais facilmente a todos que eram alcançados por sua perfeição de hábitos, maneiras e fonética. Era baronesa para cá, baronesa para lá. Aquele festival interminável de mesuras reverenciosas. Uma afetação tola ao se mover ou se expressar. A futilidade de palavras e atos, o vazio existencial de gente que precisava desesperadamente encontrar coisas para ocupar as muitas horas vazias de seus dias. Depois da terceira hora entre eles, sentiu-se como a visitante de um grande zoológico humano, dedicando-se à observação mais ou menos interessada de uma enorme fauna humana. Grande diversão. Quase perdeu o fôlego ao ser apresentada ao rei e à rainha.

Que dizer?

Como se comportar?

E se percebessem que não passava de uma farsante?

Poucas coisas seriam mais vergonhosas que sair escoltada pela polícia do palácio real. Estaria rapidamente na primeira página de todos os jornais, de Londres a Edimburgo, e até nos mais distantes vilarejos do reino.

Surpreendeu-lhe a tranquilidade que demonstrou mesmo quando um dos príncipes, impressionado com seus modos e com a correção inatacável e deslumbrante de seu inglês, ofereceu-lhe o braço para escoltá-la até a mesa reservada a ela e a seus acompanhantes durante o jantar. Acomodou-se e aos poucos foi se acostumando a ser o centro das atenções de todos à sua volta. Condes, marqueses e outros tantos nobres, até de outros países, lançavam-lhe olhares e sinais e recebiam de volta sorrisos gentis e honestamente envergonhados. Ocupando as duas cadeiras no outro lado da mesa, mas de frente a ela, Pickering e Higgins volta e meia se cumprimentavam pela surpreendente transformação realizada em Eliza Doolittle, a vaidade exalando por todos os poros do professor. Caso fosse possível e não o envolvesse em grande enrascada, certamente Higgins se levantaria e gritaria aos quatro ventos que era um verdadeiro Pigmalião moderno, que operara tão sensacional mudança ao converter uma simplória vendedora de flores das ruas de Covent Garden em uma donzela das mais refinadas, frequentadora dos mais exclusivos salões da capital inglesa, a começar pelo Palácio de Buckingham.

Quanta vaidade se escondia por trás daquele irremovível sorriso que se insinuava de tempos de tempos em seus lábios e iluminava o rosto a custo circunspecto, pensou Doolittle com uma ponta de decepção. Pela primeira vez, sentiu-se mais completamente abandonada, à mercê do mal-estar representado pela certeza de que nada mais representava para seus acompanhantes do que uma peça, por importante que fosse, mesmo assim peça, em um jogo infantil única e exclusivamente criado para o deleite de ambos.

Sensação ruim que a acompanhou pelo resto da noite. Pálida vitória. Nem sequer comemorou, pois, quanto mais as horas passavam, mais chegava à constatação de que não havia efetivamente nada a comemorar. Esmerou-se ainda mais, principalmente em fingir uma felicidade desconhecida.

Chorar?

Não chorou. Marchou noite adentro com a dignidade de alguém que tinha um papel a desempenhar, uma tarefa delicada e até arriscada a cumprir, e o faria da melhor maneira possível. Foi mais ou menos por essa hora que o futuro – ou, antes, pensar nele – a assombrou. Tornou-se frequente e um grande incômodo.

Tudo se acabaria depois da festa no Palácio de Buckingham. As lições. Os banhos e o quarto confortável no terceiro andar do apartamento na Rua Wimpole. A dedicação aos compromissos de Higgins. Os restaurantes e lojas elegantes. Cinderela sucumbiria à realidade cruel da incerteza, pensava, referindo-se a si mesma.

Em alguns momentos, mesmo dançando com um dos príncipes ou com um dos muitos embaixadores que enchiam os amplos salões iluminados, seus olhos cintilaram, marejados de lágrimas. Uma alegria melancólica tomou de assalto a felicidade que a acompanhou quando entrou no castelo. Os pretextos e explicações para cada uma dessas lágrimas foram muitos, convenceram a todos, mas infelizmente não a ela. De qualquer forma, esforçou-se para que nem Higgins nem Pickering as vissem. Comportou-se com a altivez esperada e desempenhou seu papel da melhor maneira possível, tão brilhantemente que nenhuma daquelas pessoas que gravitavam em torno dela levantou a menor suspeita de que fosse uma farsante, e não a deslumbrante baronesa de Qualquer-Lugar ou seja lá qual fosse o título que os dois inventaram para ela e que foi esquecido mal pusera os pés para fora de Buckingham.

Um sonho. Delírio. Doce, porém breve alegria que se desfez com as doze badaladas do relógio que soou no gabinete de trabalho às escuras de Higgins. Ao abrir os olhos, ele e Pickering esgueiravam-se pela escuridão sobrenaturalmente silenciosa de uma meia-noite fria. Por uma fração assombrosamente rápida de segundo, viu-se no quartinho miserável de Drury Lane, e um grande aperto machucou de verdade seu coração.

A realidade cruel, desoladoramente sua, chocou-se contra ela com a violência de uma bofetada. Abriu e fechou os olhos e finalmente viu-se mais uma vez abrindo a porta da sala, ainda usando o lindo vestido que deslumbrara inúmeras damas no baile e que levara Higgins a ganhar a aposta. Joias, um leque maravilhoso e algumas flores compunham o quadro triste de uma lembrança recente. Ela perambulava entre os móveis, e a expressão cansada no rosto rivalizava com a tristeza que não conseguia mais esconder; que na verdade não sentia mais necessidade de esconder.

Abandonou tudo sobre o piano e finalmente sentou-se em um tamborete. Obrigou-se a sorrir quando Pickering entrou na companhia de Higgins e a chamou pelo nome, os dois livrando-se dos casacos, do *smoking* e dos chapéus, que foram arremessados para dentro da escuridão.

– A senhora Pearce vai nos matar quando encontrar essa bagunça amanhã de manhã – observou o militar, recolhendo algumas das roupas.

– Quem se importa? – disse o professor displicentemente. – Sempre podemos dizer que exageramos na bebida e nem pensamos no trabalho que daríamos a ela.

– Acha que ela vai acreditar?

– Quem se importa? – Higgins bocejou longamente e, ao ver Pickering aproximar-se com vários envelopes nas mãos, indagou: – Você viu meus chinelos por aí?

Os dois marcharam para uma conversação cheia de irrelevâncias e futilidades sobre a festa e os muitos convidados, praticamente ignorando a presença de Eliza. Depois de observá-los, com os olhos indo de um para o outro cada vez com mais crescente decepção, ela levantou-se e saiu. Voltou um pouco depois com os chinelos.

– Obrigado, Eliza – disse Higgins, estranhando ela ter se afastado e depois voltado a sentar-se no tamborete diante do piano sem dizer uma palavra.

– Parabéns, Higgins. Você ganhou a aposta – admitiu Pickering. – Eliza fez à perfeição o que você disse que ela faria. Eu estava bem nervoso, mas ela...

– Ela estava absolutamente tranquila. Nunca duvidei disso. Eu a preparei bem e não duvidei nem por um minuto de que ela desempenharia seu papel adequadamente. No entanto, acredite, hoje eu não repetiria tal despropósito.

– Como assim?

– A aposta. Foi algo idiota, e eu não a repetiria hoje. Quanta chateação por apenas... apenas...

– Jura?

– Cansei-me de criar grã-finas falsas! Cansa muito, e, depois que você fez um bom trabalho, o tédio é inevitável. Aquelas horas na recepção foram as mais chatas da minha vida, ouvindo aquele bando de idiotas falar irrelevâncias e ser enganado tão facilmente... Que chato!

Eliza sentiu-se abandonada a um canto pelos dois. Enquanto tagarelavam imbecilidades ainda maiores do que aquelas que diagnosticavam e condenavam nos muitos convidados do baile em Buckingham, relegavam-na à obscuridade das sombras que ocultavam o piano e, logicamente, ela própria. Cumprira sua função como uma vassoura com que se varre o chão ou como o cavalo que puxa a carroça ou um cabriolé elegante, algo ainda comum a muitos dos aristocratas e nobres falidos, mas ainda assim cheios de empáfia, que encheram os salões do palácio real.

Infeliz e desprezada, relegou-se ao silêncio e nem soube explicar por que os abandonou, subindo provavelmente pela última vez para seu quarto no terceiro andar do apartamento. Talvez esperasse qualquer forma de agradecimento, ou mesmo que ambos compartilhassem com ela seu entusiasmo por terem vencido a aposta. Fosse por uma razão ou por outra, ou mesmo por nenhuma delas, ficara sentada no tamborete, imóvel, ofendida, e, à medida que falavam e se autoelogiavam, Higgins se apresentava cada vez mais como a figura esnobe e desprezível que era. Cada vez mais ela acreditava que a solteirice não era escolha dele, mas consequência do tipo de homem que era e que qualquer mulher só o procuraria ou mesmo pensaria em se casar com ele se fosse única e exclusivamente por causa do dinheiro que ele tinha. Em várias ocasiões, rilhou os dentes, irritada. Teve ímpetos de xingar a ambos. No entanto, preferiu calar-se e continuar calada, às sombras, sem saber muito bem por quê.

– Bom, enfim, está feito, e podemos dormir e descansar sem a tensão de mais um dia de lições e preocupações idiotas – disse Higgins, por fim, levantando-se do sofá e encaminhando-se para a porta.

– Também vou – aduziu Pickering, acompanhando-o. – E, mais uma vez, parabéns pelo feito. Foi extraordinário.

Saíram.

Eliza ainda continuou sentada e em silêncio. Irritada, fúria crescente, por fim levantou-se, completamente fora de si quando ouviu Higgins, com a impessoalidade pernóstica habitual, pedir:

– Boa noite, Eliza, e quando sair não se esqueça de apagar a luz, viu?

Soltou um palavrão e mais outro quando ele acrescentou:

– E antes de ir dormir, por favor, diga à senhora Pearce que não quero tomar café, mas um chá bem gostoso, está bem?

Não mais se controlando, olhou desorientadamente de um lado para o outro, provavelmente buscando algo para quebrar ou alguém para agredir, enquanto procurava na memória elegante e refinada que Higgins introduzira em seu cérebro palavrões ainda piores e tão facilmente encontráveis em sua mente apenas seis meses antes. Parou, surpreendida, ao ver a porta escancarar-se e ele entrar, resmungando:

– Raios! Onde enfiei meus chinelos?

Finalmente um palavrão desprendeu-se de seus lábios, e enfurecida ela agachou-se e apanhou os chinelos procurando, arremessando um após outro na direção dele.

– São os chinelos que procura, é? – berrou. – Pois eles estão aqui! Tome! Pegue!

Higgins, pasmo, esquivou-se de um, e o outro o atingiu no ombro esquerdo.

– Mas o que é isso, Eliza? – perguntou. – O que deu em você? Alguma coisa errada?

– Para você, não, né? Ganhou sua maldita aposta à minha custa, está feliz. Quanto a mim, não valho nada...

– Como assim, ganhei a aposta à sua custa? Você não se enxerga, não, criatura? E que história é essa de atirar os chinelos em mim?

– Pena que nenhum deles o acertou como eu queria, seu fanfarrão egoísta e sem alma. Por que não me deixou onde eu estava? Agora que terminou seu experimento e eu não sirvo para mais nada, nem sequer olha para mim. Certamente vai me lançar na sarjeta como um cachorro velho ou algo pior... – Eliza calou-se e tentou arranhar-lhe o rosto, absolutamente fora de si.

– Mas o que é isso, mocinha? O que pensa estar fazendo? – Higgins empurrou-a, e ela se estatelou em uma das poltronas da sala, ofegante e ainda muito aborrecida.

– O que vai ser de mim agora?

– Que me importa?

– Sei bem que você nunca se importou comigo. Sempre fui um animal de laboratório, mais uma cobaia para seus experimentos, criatura odiosa e sem alma. Triste figura de homem a quem apenas uma mulher interesseira lançaria única e tão somente um olhar de cobiça.

– Nossa, e agora a minha cobaia sabe ofender...

– Tive um bom professor!

Higgins endireitou-se e, digladiando-se com a raiva incipiente, mas surpreendente até para si, procurou baixar o tom de voz e reencontrar sua calma e frieza habituais.

– Eu compreendo a sua irritação... – disse, generoso.

– Ah, muito obrigado por sua compreensão... – debochou Eliza.

– O dia foi tenso, e toda aquela agitação da festa, a possibilidade de ser desmascarada a qualquer momento... Fique calma. Procure se acalmar, eu lhe peço. Tudo já passou...

– Sei bem disso. Apesar de ser muito ignorante...

– ... toda essa irritação não passa de cansaço. Agora você deve ir para a cama e descansar o máximo que puder. Chore um pouquinho se isso lhe servir de alívio... reze um pouquinho...

– "Obrigado, meu Deus, por tudo isso ter acabado"... É isso que espera que eu reze?

– Ué, mas você também não está feliz por tudo isso ter acabado? Agora você está completamente livre...

Eliza foi se levantando vagarosamente, com os olhos dardejando irritação e inconformismo, cravando-os em Higgins.

– Livre? Livre para quê? Sabe me dizer o que faço com toda essa liberdade e educação? Que será de mim, meu Deus?

Higgins sorriu, despreocupado.

– Ah, então é isso que a preocupa? – perguntou.

– Que maravilha! Ao que parece, a luz da compreensão, por menor que seja, alcançou sua mente prodigiosa...

– Não esquente sua cabeça, querida. Certamente arranjaremos qualquer coisa para você. Sabe, eu nunca pensei que desejasse sair daqui...

– Não? E o que eu faria aqui?

Alcançado por pergunta tão inesperada e pestanejando nervosamente, como se não soubesse o que responder, as mãos enfiadas nos bolsos e fazendo as chaves e moedas tilintar desagradavelmente, Higgins hesitou por um instante e por fim disse:

– Você poderia se casar. Isso, isso mesmo. Não seria má ideia...

– Verdade?

– Certamente. Nem todos os homens deste mundo são solteirões convictos e irascíveis como eu e o coronel. A quase totalidade deles se casa, pobres-coitados, e em certa medida conseguem até ser felizes, embora eu não saiba como... Talvez minha mãe consiga lhe arranjar algum bom pretendente. Com os conhecimentos dela e um dote razoável...

– Em Drury Lane nós estávamos bem acima desse tipo de coisa...

– Como é? – espantou-se Higgins.

– Eu vendia flores, e não a mim mesma.

– Não entendi...

– Você me transformou em uma moça de sociedade, e senhoritas da sociedade não podem vender flores. Não fica bem. Por isso, não há outro recurso a não ser vender a si mesmas.

– Ninguém vai obrigá-la a se casar se esse não for o seu desejo ou interesse...

– E o que eu faria então?

– Nossa, eu poderia pensar em tanta coisa!

– A mim bastaria uma...

– Ah, quem sabe o coronel se dispusesse a emprestar-lhe algum dinheiro para abrir uma loja de flores. Ele gosta tanto de você que certamente não se furtaria a ajudá-la. Vamos, não esquente a cabeça. No fim, tudo se resolverá. – Sinceramente despreocupado e tranquilo, Higgins piscou-lhe um dos olhos, tranquilizador, e sugeriu: – Que tal irmos dormir agora? Eu estou morto de sono.

– Eu irei, mas antes responda a apenas uma pergunta...

– E qual seria, posso saber?

– As roupas que estou usando são minhas ou devo devolvê-las ao coronel?

Higgins fez um muxoxo de enfado e questionou:

– E para que ele poderia querer suas roupas?

– Ele pagou por elas.

– E daí?

– Vocês poderiam precisar delas para seu próximo experimento...

– Eliza, Eliza... Então é assim que você nos vê? Aliás, por que pensar nessas bobagens a esta hora da noite?

– Eu preciso saber o que vou levar comigo. Se o senhor bem lembra, as roupas que eu usava quando o procurei foram queimadas pela senhora Pearce...

– Que tolice!

– Que seja. De qualquer forma, não quero que depois me chamem de ladra.

– Ladra? Mas que ideia mais descabida, Eliza!

– Todo cuidado é pouco, senhor. Entre pessoas de classes tão diferentes como nós, não devem existir sentimentos. Pertencemos a mundos diferentes, e, como uma grande pobretona e ignorante, tenho de ser prudente. Tenho de saber exatamente o que posso e o que não posso levar quando...

Higgins irritou-se:

– Leve o que quiser. Não me importo... Bom, menos as joias, pois elas foram alugadas.

– Viu? Leve-as consigo, então – Eliza retirou as joias e as entregou a ele, acrescentando: – Vai que elas somem e vão pensar que eu as peguei...

– Dê-me logo isso aqui! – Ele praticamente arrancou as joias de suas mãos, irritado.

Eliza retirou um anel do anular da mão direita e o ofereceu a ele:

– Este anel não pertence ao joalheiro. Você o comprou para mim em Brighton, lembra?

– Claro...

– Pois bem, eu não preciso mais dele. Pegue!

Higgins não conseguiu mais controlar a crescente irritação e, depois de tomar o anel de suas mãos, jogou-o com raiva no chão, chegando até mesmo a avançar uns passos na direção dela.

Eliza recuou, assustada, e pediu:

– Por favor, não me bata...

A irritação dele apenas aumentou:

– Bater? Nunca! Aliás, se existe alguém aqui que foi agredido, esse fui eu.

– Realmente?

– Sou eu que estou sendo maltratado. É o meu coração que está sendo ferido...

– Ah, mas que bom.

– Criatura infame, do que está falando?

– Fico feliz de saber que o senhor tem um...

– O quê?

– Um coração.

– Vá para o inferno! Você está me fazendo perder o controle, coisa que poucas vezes me aconteceu...

– Um pouco de humanidade de vez em quando faz bem, professor. Considere uma pequena lição de minha parte sobre algo que tanto lhe falta...

– Ora, mas o que é isso? A aluna dando lições ao professor...

– Outra coisa: deixe o senhor mesmo um bilhete para a senhora Pearce com o que quer que deseje para o café, pois amanhã eu já não estarei por aqui na hora que o senhor normalmente acorda...

– Quer saber? Dane-se você. Dane-se a senhora Pearce. Dane-se eu mesmo por ter gastado meu tempo e todo o meu conhecimento com uma criaturinha tão insignificante quanto sem coração.

Eliza sorriu, saboreando o pequeno e tolo triunfo sobre a arrogância e a insensibilidade de Higgins. Nada mais disse. Não moveu sequer um músculo enquanto ele não saiu da sala. Tão somente quando se viu mais uma vez só é que uma pequena lágrima escorreu-lhe dos olhos pela palidez da grande tristeza que tomava conta de seu rosto, e ela finalmente se agachou para procurar o anel que ele jogara no chão.

Quinto Entreato

... na rua, Freddy Eynsford Hill, em vigília amorosa, olha fixo e ansioso para o segundo andar, no qual uma janela ainda está iluminada.

Novos e elegantes móveis haviam sido acrescentados ao mobiliário do quarto que Eliza ocupava nos últimos seis meses. O guarda-roupa era grande. A penteadeira impressionava por sua suntuosidade. A luz iluminou a ambos quando ela entrou e a acendeu. Sorriu tristemente, talvez recordando-se da alegria infantil que tomou conta de seus sorrisos e gestos assim que os viu. Mal coube em si de contentamento, ia e vinha, abrindo e fechando as portas do guarda-roupa e olhando-se no grande espelho da penteadeira.

Felicidade. É, talvez aqueles tenham sido os momentos mais felizes de sua vida até aquele dia, seis meses atrás, e duvidava de que encontrasse outros iguais ou maiores do que eles depois que partisse.

Marchou quase maquinalmente até o guarda-roupa e o abriu. Tirou primeiro um vestido entre os muitos que jaziam pendurados em cabides metálicos. Em seguida, um chapéu e um par de sapatos que atirou em cima da cama. Por alguns instantes contemplou-os, até que despiu o elegante vestido que usava e descalçou o belo par de sapatos que a levara ao baile no Palácio de Buckingham e a trouxera de volta.

Sentou-se à cabeceira da cama e, apoiando o queixo nas mãos, os cotovelos nos joelhos, ficou longo tempo entregue a toda sorte de pensamentos, um verdadeiro turbilhão de lembranças dos mais variados tipos, umas alegres, outras tristes, muitas engraçadas, sentimentos demais desfazendo-se em sua memória veloz. Uma lágrima fez-se pingo no chão entre seus pés. Depois outra e mais outra, muitas, muitas realmente.

Levantou-se e voltou ao guarda-roupa, de onde retirou um cabide encapado no qual pendurou o belo vestido de festa cuidadosamente. Guardou-o e por fim bateu a porta com irritação. Assustou-se e temeu que pudesse ter acordado alguém, mas o estrondo desfez-se no silêncio e nada aconteceu.

Calçou os sapatos, pôs o vestido e ajeitou o chapéu na cabeça. Colocou o relógio de pulso que estava sobre a penteadeira e, depois de ajeitar as luvas nas mãos, apanhou a pequena bolsa que estava pendurada pela alça a um dos lados do encosto de uma cadeira entre a porta e a cama. Abriu-a e vasculhou rapidamente, até encontrar uma bolsinha de moedas que pendurou no pulso. Depois de tomar forte respiração e pôr a língua para fora para si mesma ao se ver refletida no espelho da penteadeira, encaminhou-se para a porta e saiu, descendo em rápidas passadas para a entrada do apartamento. Assustou-se ao ver Freddy Eynsford Hill sair das sombras e praticamente se materializar na sua frente.

– Boa noite, senhorita Doolittle... – disse ele.

– Mas por Deus, meu amigo, você quase me mata de susto! – disse ela, levando a mão ao peito. – O que você está fazendo aqui numa hora desta?

– Ah, eu já estou acostumado.

– Como assim?

– Para ser ainda mais sincero, este é o único lugar da cidade onde me sinto mais verdadeiramente feliz.

– Cada vez entendo menos. Do que você está falando?

– Desde que a conheci na casa da senhora Higgins, eu passo quase todos os meus dias, mas principalmente noites, aqui.

– E a troco de quê, se me permite perguntar?

– Senhorita Doolittle...

– Não me chame assim, ouviu bem? Nunca mais! Eliza já será mais que suficiente.

– Como quiser...

Olharam-se por alguns instantes, Eliza mostrando-se cada vez mais intrigada e acima de tudo impaciente; ele, absolutamente constrangido.

– Por favor, senhori... quer dizer, Eliza, não ria nem pense nada de mau...

– E o que posso pensar ou deixar de pensar se você ainda não abriu a boca para dizer qualquer coisa que preste?

– Lamento, se... Eliza, isso, Eliza!...

– Diga-me uma coisa, senhor Eynsford Hill...

– O que quiser.

– Acaso acha que sou alguma vagabunda de sarjeta?

Os olhos de Freddy arregalaram-se, e ele empalideceu, quase em pânico.

– Que é isso? – disse. – Não, não, não... claro que não! De onde tirou tal ideia? Você é a criatura mais encantadora, espirituosa e principalmente querida em que já pus os olhos, e eu... eu... eu venho todo esse tempo aqui para lhe dizer isso, e... e...

Freddy não conseguiu mais continuar falando. As palavras se embaralhavam em sua cabeça. Ele se sentia zonzo e desnorteado. Tremia dos pés à cabeça, vacilando entre dar vazão a seus instintos e de alguma forma se controlar, o que, por fim, acabou não conseguindo, razão pela qual se lançou sobre Eliza, no que foi igualmente correspondido em uma generosa troca de beijos que somente foi interrompida pela repentina aparição de um policial.

– Ei, ei, ei, mas onde estamos? – protestou ele, pigarreando fortemente. – Que pouca-vergonha é essa?

– Desculpe-me, policial, mas é que acabamos de ficar noivos, e o senhor compreende, não? – Freddy mal acabou de desculpar-se, e os dois, depois de uma rápida troca de olhares marotos, dispararam em uma correria desembestada por três ou quatro quarteirões antes de alcançarem a Praça Cavendish, praticamente sem fôlego mas sorridentes. – Desculpe-me pela correria, Eliza, mas foi tudo no que consegui pensar quando vi o policial vindo na nossa direção...

– Você pensou rápido e pensou bem. – disse Eliza, ofegante.

– Espero não a ter desviado muito de seu destino... aliás, para onde você estava indo?

– Por aí.

Freddy espantou-se:

– Como assim?

– Ah, não ligue, não. Hoje estou meio boba... – Vendo um táxi aproximar-se vagarosamente, Eliza sinalizou para que parasse e disse: – Vamos pegar um táxi para começar, o que acha?

– Mas eu não tenho um *pence* no bolso... – admitiu Freddy, envergonhado.

– Que importa? Eu tenho bastante para nós dois.

Embarcaram.

– Para onde vamos, madama? – perguntou um taxista rechonchudo e de espessas suíças avermelhadas.

– Vá circulando por aí até que eu lhe diga para onde vamos – respondeu Eliza.

– E os dois têm dinheiro bastante para pagar por essa exorbitância?

– Nem tenha dúvida. O coronel Pickering sempre diz que não devemos sair de casa com menos de dez libras na carteira.

Surpreso, Freddy perguntou:

– O que acha que está fazendo, Eliza?

– Dando-me o direito de ser livre, absolutamente livre por uma noite que seja. Amanhã nós iremos à casa da senhora Higgins...

– Para quê?

– Ela saberá nos ajudar a encontrar alguma coisa para fazer.

– E se ela não nos receber?

– Sairemos por aí até nosso dinheiro acabar ou vermos toda Londres, o que vier primeiro.

Ato Cinco

Higgins era uma criatura surpreendentemente tensa e atarantada ao entrar na sala onde a mãe, sentada diante da escrivaninha, lhe lançou um olhar tranquilo, de uma calma que serviu unicamente para inquietá-lo um pouco mais.

– Onde está ela? – indagou, enfiando as mãos nos bolsos e friccionando chaves e moedas furiosamente, enquanto ia de um lado para outro.

Ela sorriu.

– Primeiramente bom dia para você também, meu filho querido – disse. – E do que ou de quem você está falando?

– De Eliza, de quem mais poderia ser?

Os olhos da senhora Higgins alcançaram Pickering, indagadores, quando o militar empurrou a porta e entrou.

– Que tem ela? – insistiu.

– Ela sumiu...

– Ah, com certeza você deve ter feito uma das suas e a assustou.

– Eu? – quase gritou Higgins, apontando para o próprio peito com as duas mãos. – Que besteira!

– É mesmo? Como se eu não o conhecesse...

– É a mais pura verdade, acredite. Ontem à noite eu a encarreguei de umas poucas tarefas e fui dormir, acreditando que ela iria. Mas, ao que parece, em vez de ir para a cama, trocou-se e saiu de casa. Hoje de manhã, às sete ou até bem antes, ela voltou para buscar o resto de suas coisas, e a bestalhona da senhora Pearce entregou tudo sem se preocupar em pelo menos me chamar. E agora, que faço?

– Ué, eu, se fosse você, começaria a me acostumar a viver sem ela, o que mais?

– Impossível!

– Por quê? O tal experimento fonético, gramatical ou o que o valha não acabou? Para que mais você precisaria dela?

– Mas eu não acho mais as minhas coisas! Não sei mais dos encontros que agendei, das aulas que tenho de dar. Estou completamente perdido sem... sem...

– Sem sua agenda ambulante?

Higgins a deixou sem resposta e, virando-se para Pickering, indagou:

– E o que disse o idiota do investigador? Você chegou a lhe falar sobre a tal gratificação?

A mãe levantou-se, assustada, e achegando-se a ambos indignou-se:

– Não acredito!

– No quê? – contrapôs o professor.

– Que vocês mandaram a polícia atrás da pobrezinha como se ela fosse uma criminosa. Vocês não fizeram isso, fizeram?

– Mas como poderíamos encontrá-la? A quem poderíamos recorrer?

A senhora Higgins tornou a sentar-se, com os olhos dardejantes, vitimando os dois com raiva, irritação e mais outros sentimentos de profunda indignação.

– A senhora deve entender – disse Pickering, mais calmo. – Não podemos deixá-la ir assim...

– Por que não? Por acaso os dois fizeram nova aposta e envolveram a coitada na confusão?

– De maneira alguma. O pior é que acabamos sendo olhados com desconfiança pelos policiais, que viram em nossa insistência alguma intenção absolutamente indecente para com Eliza.

– E vocês podem condená-los? Os dois mais parecem uns desvairados...

Inesperadamente a porta se abriu e uma criada entrou, informando:

– Professor, tem um homem aí fora dizendo que estava à sua procura e que sua governanta o mandou procurá-lo aqui.

– Maldita senhora Pearce! – praguejou Higgins, virando-se para a criada e pedindo: – Diga-lhe que volte outro dia. Hoje eu não estou com disposição para atender ninguém!

– Mas o senhor Doolittle...

– Doolittle? – interessou-se Higgins. – É um lixeiro?

– Não creio, senhor. Ele até que está muito bem vestido...

Higgins voltou-se para Pickering e, extremamente ansioso, opinou:

– Pode ser algum parente de Eliza em cuja casa ela foi se refugiar...

– Será?

– Um parente que ainda não conhecemos, quem sabe?

Virando-se para a criada, pediu:

– Depressa, depressa, mande o homem entrar.

A senhora Higgins permanecia sentada em sua escrivaninha e, enquanto a criada saía, perguntou:

– Vocês conhecem alguém da família dela?

– Apenas o pai... Não se lembra? Nós já lhe falamos sobre o tratante.

Higgins calou-se abruptamente, tomado de surpresa, ao ver a criada retornar e anunciar:

– O senhor Doolittle...

A curiosidade desfez-se em segundos, substituída por enorme expressão de incredulidade no instante em que ninguém mais, ninguém menos que o próprio pai de Eliza materializou-se atrás dela rapidamente. Com um largo sorriso nos lábios amarelecidos, contornou-a e arremeteu a passos largos na direção de Higgins. Vestia-se extraordinariamente bem, permitindo supor que estivesse a caminho de um casamento ou de uma festa das mais requintadas, uma das mãos estendidas na direção do professor.

– Mas com todos os diabos, é o maldito velhaco! – exclamou Higgins, pasmo, deixando que o recém-chegado se agarrasse a uma de suas mãos e não apenas a apertasse, mas também a sacudisse, em vigoroso e demorado cumprimento.

– Ocê num esperi que eu esteja feliz cum ocê, prefessô... – disse ele, soltando sua mão com brusquidão.

– Eu não espero nada, pois nem sei bem o que está acontecendo... – Higgins massageava a mão dolorida enquanto seus olhos mediam escrupulosa e repetidamente a figura muito bem vestida, mas enfurecida de pé à sua frente. – O que estou vendo é... é...

– É curpa sua, sor!...

Higgins entreolhou-se com a mãe e com Pickering antes de voltar a alcançá-lo com os olhos, espantado.

– De que maneira, posso saber?

– Ah, larga mão de sê sonsu, seu... seu... seu coisa-ruim!

– Foi Eliza que lhe deu essas coisas?

– Qui Eliza qui nada! Foi ocê, peste!

– Eu? Absurdo!

Pickering achegou-se e lembrou:

– Você lhe deu dinheiro na primeira e única vez em que nos encontramos com o senhor Doolittle.

– Num foi nada dissu, não!...

Higgins e Pickering trocaram um rápido, mas preocupado olhar de perplexidade antes de se voltarem para Doolittle e praticamente ao mesmo tempo perguntarem:

– O que foi, então?

– Pregunte a eli! – respondeu o lixeiro, ainda mais irritado, apontando para o professor. – Eli sabe muito bem...

– Eu? – surpreendeu-se Higgins. – Sei o quê?

Doolittle apontou para si mesmo e afirmou:

– Ocê fez isso cumigu!

– Fiz? Como?

— Mais é um farso mermo, não?
— Você encontrou a Eliza e ela...
— Ah, qué dizê intão qui ocê perdeu mia minina, é?

Higgins empertigou-se, ajeitando-se dentro das roupas com indisfarçável constrangimento, antes de se defender:

— Ela foi embora.
— Curpa sua!
— Não foi, não!
— Ah, nóis vai sabê assim qui eu encontrá ela...
— O que o senhor está insinuando?
— Arguma ocê feis, seu almofadinha...
— Mas que atrevimento! Com quem o senhor pensa que está falando?
— Cum o safado que devi ter feitu argum mar pra mia minina...

Um se lançou sobre o outro, e tudo redundaria em uma inevitável confrontação física não fosse a oportuna intervenção de Pickering, que se colocou entre Doolittle e Higgins, separando-os.

— Por favor, cavalheiros, tenham modos!... — apelou. — Não na frente de uma senhora...

Mencionada e igualmente contrariada, a senhora Higgins aproximou-se e, virando-se para Doolittle, indagou:

— Mas o que, afinal de contas, meu filho lhe fez, senhor?
— O marvado du seo fio escreveu prum ricaço americano fora da casinha, donu de uma tar de sociedade sei-lá-o-quê, falanu um monte de bobajada de mim pro abestadu...
— Ah, foi para o Ezra Wannafeller! — gritou Higgins.

A mãe e Pickering viraram-se para ele, e ela perguntou:

— E quem vem a ser esse homem?
— O presidente da Sociedade Pró-Reforma Moral do Mundo... ué, mas ele já morreu.
— I mi levô juntu cum eli!

Dessa vez todos os três interlocutores se viraram para Doolittle e perguntaram:

— Como é que é?

— Ansim mermo! Eli morreu, mais antis di morrê, matô toda a mia filicidadi.

Pickering entreolhou-se com a senhora Higgins e o filho e, encarando o lixeiro, confessou:

— Continuo sem entender...

— Foi argo que esse miserarve disse pr'eli...

Higgins sorriu, tranquilizando-se, e admitiu:

— Agora eu estou entendendo. Foi uma brincadeira que fiz logo depois da visita desse sujeito...

— Outra, Henry? – resmungou a senhora Higgins, de cara amarrada.

— Uma bobagem, realmente...

— Em que você está se especializando ultimamente, não?

— Eu conheci o Wannafeller em uma das visitas dele a Londres para divulgar sua sociedade filantrópica...

— E?

— ... eu escrevi para ele dizendo que havia conhecido um lixeiro chamado Alfred Doolittle. Na verdade, não passou de uma piada sem graça.

— Tarveis procê, mas pra mim virô um inferno, sor.

— Por quê? O que houve?

— Despois de sua carta u americanu cismô de prová pro mundu qui tinha um bom coração i num quis morrê antis di fazê uma úrtima boa ação. Sabi cumu é, num sabe? Eli si faz di bonzinhu i Deus dá um jeito de arrumá um cantinhu mais confortave pr'ele lá incima...

— E então?...

— Intão eli mi colocô nu trestamentu dele cum trinta e dois pur centu de uma fábrica de queju, uma tar de Au Queju Pré-Dijiridu o arguma cosa paricida. A desgrama da fábrica dá dez mil dólares por anu. I tudu qui eu tenho qui fazê é farlá umas coisa treis o quatro veis pru anu...

— Falar o quê?

— Ah, umas bobajada! Us doidus abriram uma filiar da tar sociedade aqui in Londris i eu vô lá, digu isso i aquilu sobre nada pros gatu pingadu que dão as cara por lá i o dinhero entra nu meus borsos qui inté mi assusta.

— E qual o problema?

— Eu tô ficanu rico!
— E desde quando isso é problema?
— Tá tudu mais cumplicadu!
— Ué, por quê?
— Intão. As cosas antis eram farci dimais. Num tinha grana, dava uma facada num quarqué i tudo si arresolvia. Vivia sorto i enchendu a cara quanu queria sim dá sastisfação a quarqué.
— Não é mais assim?
— Cuar nada! Pra quarqué situação tem sempri treis o quatru encima de mi. Quanu eu era pobri i tinha que ir pru hospitar, logu os dotô arranjava um jeito de dizê qu'eu tava bão i mi despachava. Agora basta eu dar as cara pur lá i logu apareci um dizeno qu'eu tô muitu duenti. I em casa? Agora nenhum delis mi deixa fazê quarquer coisa i toda hora apareci um doidu pra enfiá a faca ni mi. Vem parenti di tudo qui é cantu, amigu qui num conheçu i um monti de genti dizeno que tá sin empregu, falanu de doença qui nunca ouvi i quereno dinheiro pra cumprar remédios de qui nunca ouvi falá. Uma disgraça! Si eu bobeá, inté ocê vai si oferecê pra mi insiná a falá difícir pra merorá as mias conferência, num é? — Doolittle virou-se para Higgins e asseverou: — Tudu curpa sua! Tudu!
— Mas o senhor não é obrigado a aceitar essa herança, senhor Doolittle — ponderou a senhora Higgins. — Basta recusar o oferecimento.
— I a senhora pensa qui é fárci? Cadê coragi?
— Como assim?
— A gente começa a pensá nessa grana toda i vai ficano cada veis mais difícir de virá as costa pro dinheirão. A gente pensa num monte di coisa, na velice i in tudu qui a gente devia tê feito i num feis i como a vida fica mais difícir quano vamu ficano veio. Nu fim, acabamo pensano que só temo dois caminhu pra escoiê... Ou vai pru asilo i morri à míngua ou si acustuma cum a vida de bacana. U medu faz a dicisão ficá mais difícir...
— Fico feliz que o senhor tem juízo e vai acabar tomando a decisão certa — disse a senhora Higgins.
— Qui'é?...

— Não lhe parece claro? Fique com o dinheiro, tenha uma vida tranquila e ajude sua filha...

Doolittle balançou a cabeça resignadamente e concordou:

— É u qui mi resta mermo, né? Ajudá a pobrezinha i tudu mundo.

— Lamento dizer-lhe que isso é impossível, Doolittle — disse Higgins, interrompendo-o.

— Ué, pur quê?

A senhora Higgins, curiosa, acrescentou:

— Do que você está falando, meu filho?

Pickering também se mostrou intrigado:

— Também gostaria de saber, professor...

Higgins olhou de um para o outro várias vezes, um tanto desnorteado, outro tanto embasbacado, definitivamente tenso.

— E por que mais seria? — Virou-se para o lixeiro e afirmou: — A Eliza não lhe pertence mais...

— Como é isso? — espantou-se o lixeiro.

— Você pode explicar melhor o que está se passando, Henry? — O espanto da senhora Higgins não era menor, mesmo para ela, já acostumada ao comportamento pouco ortodoxo do filho.

— Não sabemos do que você está falando, meu bom amigo — afirmou Pickering, passando-se por conciliador.

Irritado, Higgins praticamente espetou um dos olhos de Doolittle com o indicador da mão direita e rugiu:

— Ele sabe...

Todos os olhares convergiram para o lixeiro mais uma vez.

— Sei u quê?

— Eu paguei cinco libras por Eliza!

— Mas que absurdo é esse, Henry? — A senhora Higgins empalideceu, absolutamente pasma.

— Agora realmente você exagerou, meu amigo — disse Pickering, deixando-se cair pesadamente em uma das poltronas.

— Você vai ter de honrar sua palavra, ou estarei eu diante de um canalha sem palavra?

– Um, tantu honesto; outro, tantu canalha...

A senhora Higgins, refeita da surpresa e verdadeiramente irritada, postou-se diante do filho.

– Não acredito que ouvi o que você acabou de dizer – resmungou.

– Ele assumiu um compromisso comigo – insistiu o professor, mais uma vez apontando para Doolittle.

– Disparate! Grande disparate! Se quer mesmo saber onde está Eliza, eu lhe digo – afirmou a senhora Higgins.

– Como?

– Pois bem. Ela está lá em cima. – Vendo o filho mover-se e fazer menção de rumar para a porta, mais uma vez ela se colocou à frente dele e, irritada, ordenou: – Fique aí mesmo, Henry!

– Mas eu... – o professor ensaiou um protesto, indo e vindo no intuito de esquivar-se da presença da mãe.

– Sente-se, Henry!

– Mãe, eu preciso...

Ela apontou para o canapé no centro da sala e insistiu:

– Antes de mais nada, você precisa me ouvir, e vai me ouvir...

Higgins resignou-se a lhe obedecer, reclamando:

– Tudo bem, tudo bem, mas a senhora bem que podia ter dito antes que ela estava aqui...

– Ela apareceu aqui bem cedo. Veio se queixar da maneira brutal como os dois a tratam. – O indicador da senhora Higgins foi e voltou várias vezes de Higgins para Pickering e de Pickering para Higgins, em uma censura enfática e implacável. – Como é possível dois homens adultos se comportar como crianças e ignorar inteiramente os sentimentos da pobrezinha?...

Pickering foi o primeiro a protestar:

– De maneira alguma, senhora Higgins. Nós a tratamos com a maior deferência, e que eu me lembre não houve ao longo desses seis meses nenhuma brutalidade... Você fez ou falou alguma coisa depois que eu fui dormir, professor?

– Pelo contrário – acrescentou Higgins. – Se houve alguém aqui que foi tratado com brutalidade, fui eu.

– Ah, verdade? – questionou a senhora Higgins. – De que maneira, posso saber?

– Ela jogou os chinelos em mim!

– Desista, Henry. Eu sei muito bem o que se passou. A pobrezinha, desde que pôs pés naquela casa, dedicou-se inteiramente aos dois e a se submeter até aos maiores despropósitos para lhes agradar. Aliás, a respeito disso, você é o que menos tem a reclamar, Henry. Fez e desfez com ela, explorou-a ao máximo, e eu até me arrisco a dizer que muito do que fez poderia ser perfeita e facilmente definido como tortura pela maioria dos juristas deste país. Por fim, depois que ela se submeteu a todos os seus caprichos e realizou a proeza que os dois tanto desejavam, foi tratada com desprezo e largada a um canto como um sapato velho e gasto...

– Não foi bem assim... – reclamou Higgins, levantando-se.

– Como não? – A mãe o obrigou a sentar-se novamente e prosseguiu: – Os dois marmanjões se congratulando, cobrindo-se de elogios pela proeza que na verdade em tudo fora obra de Eliza. Pior só o modo como se queixaram de todo o trabalho que tiveram em prepará-la, disseram-se aborrecidos pelas dificuldades que ela lhes causara e, por fim, como celebraram até com grande alívio que tudo tivesse terminado. Espanta que ela tenha jogado os chinelos em sua cabeça, meu filho? Pois eu jogaria algo bem mais pesado, e na cabeça dos dois!

– Nós só dissemos que estávamos cansados e íamos dormir – insistiu Higgins, sem muita convicção.

– Só?

– Pergunte a Pickering...

Higgins apontou para o militar, que se apressou em aduzir:

– Eu não diria melhor.

A senhora Higgins olhou para um e para outro. Deixou claro que não acreditava no filho e muito menos em seu companheiro de insensatez e fanfarronices.

– Bom, acredito que de nada adiantará o que quer que os dois possam fazer ou dizer para atenuar ou aplacar o ressentimento da senhorita Doolittle, ainda mais agora que o pai tem dinheiro suficiente para lhe dar uma vida decente e, principalmente, longe de ambos. No entanto, Eliza me confessou que, apesar de tudo que passou nas mãos de vocês, poderá visitá-los uma vez ou outra e que já esqueceu o passado.

— Mas que absurdo! Veja só, Pickering, ela nos perdoará!...

— E se o senhor, principalmente o senhor, se comportar, eu subo e peço que ela venha conversar com os dois. Caso contrário, pode ir voltando para sua casa, pois hoje você já me encheu as medidas.

Higgins cruzou os braços sobre o peito, extremamente aborrecido, o queixo espetando o peito enquanto se mexia de um lado para outro na poltrona.

— Comporte-se, coronel, ou a moça que retiramos da lama não concordará em vir falar conosco — debochou, resmungando mais uma profusão ininteligível de palavras e ruídos.

Doolittle se aproximou e disse:

— Num precisa falá de nóis de manera tão sem respeito, prefessô. Arrespeite nóis, perfavor...

A senhora Higgins achegou-se a ambos e primeiramente virou-se para o filho, insistindo:

— Lembre-se de sua promessa, Henry...

Em seguida, depois de tocar a campainha que estava na escrivaninha, virou-se para Doolittle e pediu:

— O senhor poderia ficar um pouquinho no terraço, senhor Doolittle? Acredito que sua filha precisa acertar as contas com esses dois paspalhões antes de ser apresentada à sua nova condição social...

Doolittle fez uma mesura reverenciosa e anuiu:

— Nem precisava pedí, madama...

Rumou para o terraço e desapareceu atrás da porta. Quando a criada apareceu na soleira da porta que conduzia a outras dependências do apartamento, a senhora Higgins pediu que ela chamasse Eliza, e mais uma vez virou-se para o filho e repetiu:

— Comporte-se, viu, Henry?...

A recomendação perdeu-se no silêncio da sala, os três se entreolhando cada vez mais impacientemente, enquanto a porta permanecia persistentemente fechada e Eliza não aparecia. Os segundos se transformavam em minutos, e Higgins os contava de tempos em tempos, retirando o relógio da algibeira, contemplando-o com crescente impaciência e devolvendo-o ao bolso antes de reiniciar a mesma operação cinco, dez minutos mais tarde.

– Quem ela pensa que é? – reclamou ele por fim, levantando-se. – Já estamos aqui há um tempão e...

A frase diluiu-se em seus lábios, inconclusa, os olhos voltando-se para a porta, que se abriu para que uma Eliza sorridente e surpreendentemente jovial entrasse, com uma cesta transbordante de agulhas e novelos presa ao braço. Tão surpreso quanto Higgins, Pickering levantou-se e caminhou ao encontro dela.

– Como está, professor Higgins? – perguntou ela, ao mesmo tempo que apertava a mão que o militar ansiosamente lhe oferecia. – Estou feliz em vê-lo, coronel... – Sentou-se ao lado e concluiu: – Temperatura agradável a de hoje, não concorda?

– Não venha fazer esse jogo comigo, Eliza! – explodiu Higgins, contrariado. – Eu a conheço melhor do que qualquer um, inclusive você. Não se recorda? Fui eu que ensinei a você...

– Certamente – concordou Eliza, indiferente.

– Então não perca tempo com bobagens e vamos voltar logo para casa!

Postando-se ao lado dele, a senhora Higgins o censurou:

– Nossa, filho, estou encantada com seus modos. Mulher alguma resistiria a tal convite...

– A senhora não acha que já se intrometeu demais, mamãe? Por que não deixa Eliza se cuidar? Terá medo de descobrir que ela é incapaz de um pensamento original e que tudo o que dirá ou fará lhe foi ensinado por mim? Na verdade, fui eu que a moldei e transformei esse rebotalho do lixo de Drury Lane em uma dama minimamente apresentável...

– Se assim lhe parece, meu filho – disse a senhora Higgins, sem perder a calma. – Agora que externou a sua opinião, não gostaria de voltar a se sentar?

Imperturbável, Eliza divertiu-se com a expressão feroz e arquejante de Higgins, antes de apanhar algumas agulhas e dedicar-se ao bordado inacabado que jazia no fundo da cesta.

– Espero que o senhor não deixe de me visitar, agora que nossa pequena experiência acabou... – disse.

– De maneira alguma, Eliza...

– A minha gratidão pelo senhor é imensa, e eu ficaria muito magoada se o senhor deixasse de vir me visitar. Eu até compreenderia, já que deve ser fácil esquecer aquilo que se retira do esgoto...

– Não diga isso, minha querida! – protestou o militar, sinceramente embaraçado. – Não soa bem e nem parece justo para com a sua pessoa...

– Adorei as roupas que pagou para mim e desde o início me encantei com sua generosidade. O senhor é assim com todo mundo e não foi diferente comigo. No entanto, o que mais me encantou e fará com que eu sempre carregue boas lembranças do senhor sempre será a maneira como me tratou e tudo que me ensinou. Não fosse pelo senhor e eu certamente jamais teria adquirido uma educação minimamente aceitável...

– Você foi muito além disso, minha querida, não tenha dúvida.

– O senhor consegue imaginar o que eu teria me tornado se dependesse apenas do exemplo desastroso do professor Higgins? Somos frutos da mesma educação, criaturas descontroladas, presas fáceis de um temperamento intempestivo que a qualquer simples contrariedade ou irritação se materializava em palavras violentas e em uma grosseria sem limites. Se não fosse o senhor, eu muito provavelmente nunca aprenderia como pessoas verdadeiramente educadas se comportam.

– Com todos os demônios!... – rugiu Higgins, mexendo-se furiosamente na cadeira.

Pickering lançou um olhar indulgente para ele e virou-se para Eliza, dizendo:

– Essa é a natureza dele, querida. Não faz por mal nem é uma criatura de maus sentimentos. Simplesmente...

— Eu compreendo, coronel, pois também era assim. Essa talvez seja a grande diferença entre nós. Quando eu era florista, tinha o mesmo comportamento, mas me eduquei e hoje aprendi a me comportar...

— Mas lembre-se de que coube a ele ensinar-lhe a boa dicção. Eu seria incapaz de fazê-lo.

— E sou grata por isso, apesar de ser a profissão dele.

Higgins a alcançou com um olhar faiscante de raiva:

— Ingratidão dos infernos!

— Além do mais, uma dicção perfeita não significa educação. Ah, na verdade o senhor desconhece por completo o que realmente iniciou minha educação...

— Confesso que ignoro...

— Aconteceu ainda no primeiro dia em que fui à casa do professor e o senhor me tratou por "senhorita". Não sei se o senhor se recorda...

— Sinceramente, não...

— Eu jamais esqueci. Foi ali, naquele momento, que eu comecei a sentir respeito por mim mesma. Outros gestos tão simpáticos e generosos sucederam aquele primeiro, e acredito que o senhor nem se apercebeu do fato, pois assim é o senhor, e cada um desses gestos encantadores surge com a naturalidade comum àqueles realmente educados e de bom coração. Talvez para o senhor fossem gestos bobos, insignificantes, como levantar-se quando eu chegava, entrava ou saía, ou tirar o chapéu para me cumprimentar, abrir a porta para que eu passasse à sua frente ou mesmo puxar a cadeira e ajeitá-la para que eu me sentasse. Foi com o senhor que eu realmente aprendi a grande lição, aquela que me transformou...

— Verdade, Eliza? Qual foi?

— A que deixa bem claro que a verdadeira diferença entre uma florista de rua e uma dama que se move com desenvoltura pelos luxuosos salões da vida não reside tanto na maneira como ela se comporta, mas acima de tudo na maneira como é tratada. Desde o primeiro dia eu me senti uma dama diante do senhor, e isso jamais aconteceu quando eu me via frente a frente com o professor. Para ele, não tenho a menor dúvida, eu serei sempre uma florista de rua, pois foi assim que ele me tratou desde o primeiro dia, continua tratando e continuará se eu assim o permitir.

Um sorriso emocionado iluminou o rosto de Pickering.

– Bondade sua, senhorita...

– Poderia me chamar de Eliza de hoje em diante, coronel? Eu ficaria muito feliz... Será que um dia ainda consigo que o professor me chame de senhorita também?

Higgins a encarou, com o olhar faiscante, o rosto ensombreado por imensa contrariedade, raiva de verdade. Rilhava os dentes com tanta vontade que dava a impressão de que a qualquer momento muitos deles se quebrariam.

– Dane-se, senhorita!

O constrangimento tanto de Pickering quanto da senhora Higgins fez-se grande e evidente.

– Henry!... – protestou ela.

O militar virou-se para Eliza e, interessado, perguntou:

– Não vai lhe devolver na mesma moeda, minha querida?

Ela sorriu.

– Não posso – respondeu. – Aliás, de que me valeria isso hoje em dia? Lembra-se de quando os senhores me ensinaram que certas crianças, quando partem para viver em outros países, acabam esquecendo sua antiga língua e aprendem o idioma do país onde estão? Pois agora eu sou outra pessoa, esqueci meu antigo idioma e assumi outro, com todo o repertório de comportamentos e atitudes correspondentes. Eu não sou mais uma florista de rua. Agora só me resta descobrir para onde irei.

– Isso não se discute. Você voltará para casa conosco, querida!

Nesse instante, Higgins levantou-se em um salto e, virando-se para Pickering, grunhiu:

– Não perca seu tempo, meu amigo! Deixe que se vá e que tente viver sem nós. Posso lhe garantir que em menos de três semanas ela estará de volta...

– Não ligue para ele, Eliza – pediu Pickering. – Tudo isso é da boca para fora. Ele não pensa realmente dessa maneira...

– Pode ficar tranquilo, coronel. Hoje, nem que quisesse, e seguramente não quero, eu conseguiria voltar para Drury Lane ou qualquer lugar parecido com Drury Lane... – Repentinamente, ao sentir-se tocada no ombro, Eliza levantou-se e assustou-se ao deparar com o pai elegantemente vestido. Olhando-o de cima a baixo, desorientada e sem saber o que acontecia, apenas balbuciou: – Pai... pai... qui qui conteceu cuntigu? Qui ropas sum essas?

– Qui qui conteceu cuntigu, qui qui conteceu cuntigu... – pôs-se a repetir Higgins, divertindo-se com os repentinos erros vocabulares de Eliza, rolando de um lado para o outro da poltrona.

Doolittle irritou-se e, ameaçando-o com o indicador grosso e caloso da mão direita, resmungou:

– Mió ocê pará de debochá ansim de mia fia, ou vai vê uma cosa...

Ainda boquiaberta e genuinamente surpresa, Eliza o puxou pelo braço e o fez voltar-se para si, perguntando:

– O que aconteceu com o senhor?

– Eu entrei nuns cobre, fia!...

– Quer dizer que a facada desta vez foi em um milionário?

– I qui mionário, mia fia. Mas desta veis foi um poco diferente... mais dispois eu explicu mió...

– E por que essa pressa toda? Aliás, para onde vai todo elegante?

– Eu i sua madrasta vamu casá hoje...

– Casar? – Eliza zangou-se. – Mais o que é isso, papai? Como o senhor pode casar com alguém tão vulgar?

– Ah, num fala ansim, fia. Ela tá mudada. Ficô veia i ficô cum medo de acabá num asilo... despois que ficou ricaça num é mais a merma, nem brigona é mais... Vem cumigu, fia, vem...

– Se o coronel disser para eu ir, eu certamente irei.

Pickering sorriu, e prendendo as mãos dela entre as suas, apertou-as e disse:

– Vá, Eliza, seja bondosa com todos. Eles irão precisar muito de você agora que são uns ricaços bem assustados.

– Vou me arrumar e já volto! – Eliza partiu em desabalada carreira e sumiu por trás da porta da sala.

Doolittle, esfregando as mãos uma na outra, nervoso, ainda a acompanhou com os olhos por alguns instantes, antes de virar-se para o militar e perguntar:

– I o coroné vem cum a gente pra ingreja pra dá um poco di corage para esse infeliz nu dia di seu inforcamento?

– Com todo o meu entusiasmo de solteirão! – respondeu Pickering.

A senhora Higgins entusiasmou-se e, virando-se para Doolittle, perguntou:

– Será que eu também poderia ir, senhor Doolittle?

– Deus seja louvado, madama, é honra pra nóis. Mia muié, que não anda muito bem, vai ficá toda contenti. Vai sê meu maiô presenti pra ela...

– Vou chamar o carro e me aprontar. Não me demoro nem dez minutos, posso lhes garantir... – correu para a porta, quase tropeçando em Eliza, que voltava usando um chapéu e abotoando as luvas.

Abraçado a Doolittle, Pickering também cruzou com ela. Os dois gargalhavam animadamente.

– Você pode ir na carruagem com a senhora Higgins, Eliza – disse o coronel, acrescentando: – O noivo vai comigo!

A sala esvaziou-se, e um silêncio constrangedor atingiu a ela e Higgins, que, esparramado desleixadamente no canapé voltado para o terraço, ficou olhando-a por certo tempo. Por fim, disse:

– É melhor você se sentar. Minha mãe costuma gastar um bom tempo para se arrumar.

Eliza concordou silenciosamente com um aceno de cabeça e por fim rumou para o terraço. Ele partiu em seu encalço e, de pé a seu lado, abandonou o olhar melancólico na direção de Battersea Park. Mais silêncio. Não se olharam. Por fim, incomodada com a presença dele, Eliza voltou à sala, encaminhando-se para a porta. Higgins passou rapidamente por ela e colocou-se em seu caminho.

– Ainda não cansou de se vingar, Eliza? – perguntou.

– Arranje outra pessoa para pegar seus chinelos, para suportar seu mau humor e para cuidar de seus compromissos, professor – recomendou ela.
– Não me lembro de ter pedido para você voltar...
– Realmente, não pediu...
– Se você voltar, eu continuarei tratando-a do mesmo modo que sempre tratei. Como você mesma disse, essa é a minha natureza. Aliás, difere pouco dos modos do coronel...
– Não acredito. O coronel trata uma florista como uma dama.
– E eu trato uma dama como uma florista.
Um sorriso maroto emergiu dos lábios, mas principalmente da decepção que transparecia no rosto de Eliza.
– Tratamento igual para todos, não é mesmo? – diagnosticou.
– Não é justo?
– Bem parecido com meu pai.
– Seu pai não é um esnobe, mas admito que seja maleável o bastante para se sentir à vontade e senhor da situação onde quer que esteja. Pois é, eu aceito a comparação. Eu pessoalmente acredito que o grande segredo da vida não é necessariamente ter boas maneiras, mas tratar a todos da mesma maneira.
– Realmente...
– O fundamental em nosso relacionamento não é nem tanto saber se a trato com grosseria, mas se você já me viu tratar alguém de outra maneira.
– Não me importo como você seja ou deixe de ser ou que as pessoas sejam ou se apresentem diante de mim de que jeito for. O que não quero é ser humilhada, tratada como algo em que se pode pisar e maltratar impunemente.
– Pois afaste-se de mim.
– É o que estou fazendo. Apesar de tudo o que você disse, nós dois sabemos que eu posso muito bem viver sem você, não é mesmo?
– Perfeitamente. Você nunca se preocupou em saber se eu poderia viver sem você...
– Engane-se se assim o desejar, professor. O senhor se basta ou acredita que pode prescindir de qualquer pessoa. Poderá viver muito bem sem mim.

Higgins empertigou-se arrogantemente e, depois de um instante, afirmou:

– Ninguém é insubstituível, Eliza. Ninguém faz falta. Apesar disso, devo admitir até com certa humildade e igual gratidão que aprendi algumas coisas com você. Em certa medida, eu me habituei com sua voz e com seu rosto. Ambos me agradam sobremaneira...

– Mas você não vai perder nenhum deles. Ambos estarão por quanto tempo desejar em sua casa...

– Como é?

– A minha voz estará sempre nos discos, e meu rosto, no álbum com todas as fotografias que você tirou nos últimos seis meses. Quando, e se, sentir falta de mim, bastará ligar a vitrola ou folhear o álbum, com a vantagem adicional de não correr o risco de ferir seus sentimentos com a minha presença ou mesmo de colocá-los em risco.

– Mas nem a vitrola nem o álbum serão você.

– Você é muito matreiro, professor. Sabe disso, não? Claro que sabe, e sabe muito bem, como utilizar esse talento para envolver as mulheres e conseguir delas o que quer. A senhora Pearce já me havia prevenido dessa sua particularidade. Ela na verdade sempre foi sua vítima preferida. Sempre que ela ameaça ir embora, o senhor torce e retorce e por fim a convence a ficar. E a bem da verdade você está se lixando para ela. Na verdade, como também pouco se importa comigo.

– Eu me importo com a humanidade, e você faz parte dela...

– Muita generosidade sua descer de seu pedestal e dedicar um pouco de sua grandiosidade à minha pequenez...

– A ironia não lhe fica bem, Eliza.

– Nem essa pretensa onipotência é capaz de ocultar as fraquezas que tão escrupulosamente tenta esconder...

– Você é uma idiota, Eliza! Não sei o que estou fazendo aqui, perdendo meu tempo...

– Pois eu sei o que estou fazendo aqui.

– Como é?

– Esperando por sua mãe para irmos juntas ao casamento de meu pai.
– Será que você não consegue compreender?
– E o que deveria compreender?
– Eu levo a minha vida sem me importar com o que quer que possa acontecer a qualquer um de nós. Por isso você pode voltar para minha casa ou ir para o inferno, que não dou a mínima.
– E por que eu voltaria para sua casa?
– Para nos divertirmos. Foi para isso que a levei para lá desde o início...
– Até que você se canse e me jogue na sarjeta.
– Ou você pode se cansar de brincar e ir embora.
– Ir embora? Para onde eu iria?
– Você sempre pode voltar a vender flores...
– Nunca mais, professor. Meu destino não pertence nem ao senhor nem ao meu pai, e até mesmo deixou de pertencer a mim. Eu me deixei escravizar ao me submeter à transformação que o senhor causou no que eu era...
– Eu posso adotá-la se você assim o desejar. Talvez você possa casar-se com o coronel. Que tal?
– Nem mesmo com você eu me casaria. Meu caminho não vai por essa estrada... Eu troquei minha independência por outro tipo de liberdade, que, no entanto, me impõe novos tipos de prisão. Infelizmente, o casamento não é um deles.
– Bom, de qualquer forma, acredito que o coronel não teria interesse em casamento. Ele é um solteiro mais convicto que eu.
– Mas, como já lhe disse, não está entre meus planos o casamento, com quem quer que seja. Quisesse eu algo assim, rapidamente poderia me atirar nos braços do Freddy...
– O filho da velhota Eynsford Hill?
– Ele me escreve duas ou três cartas por dia desde que nos encontramos aqui...
– Mas que sujeito mais atrevido... – irritou-se Higgins.
– O pior é que percebo que ele gosta realmente de mim.

– Se é como diz e não tem interesse em casamento, por que alimenta as esperanças dele e de suas cartas melosas?
– Toda mulher tem o direito de ser amada.
– Por idiotas dessa estirpe?
– Ele não é idiota. Mesmo que seja fraco e pobre, ele me quer bem, e certamente parece capaz de me fazer feliz, mais do que aqueles que me ofendem e deixam claro que não gostam de mim.
– O importante é saber o que ele vai fazer de você.
– E se eu estiver mais interessada em saber o que poderei fazer dele?
– Não entendi...
– Perdoe-me, professor, mas com toda essa sabedoria que diz ter, o senhor nunca percebeu o óbvio...
– Ah, é? E o que seria isso? Gostaria que eu me apaixonasse por você ou algo assim?

Eliza sorriu, divertida.

– Fosse essa minha intenção, garanto-lhe que conseguiria, professor.
– Verdade?
– Eu saberia ser muitas coisas se assim o desejasse, professor. Apesar de todo o seu conhecimento, o senhor é enormemente ignorante sobre muitas outras coisas que eu conheço. Com o que aprendem nas ruas, muitas floristas simplórias conseguem ajeitar coleiras permanentes em homens como o senhor. Mas nunca seria amor o que existiria entre nós, e em muito pouco tempo estaríamos pensando em maneiras eficientes de matar um ao outro.
– Se é assim, por que toda essa briga?
– Eu nunca quis mais que bondade. Não é pedir muito, é? Nunca fui grande coisa. A bem da verdade, não passo de uma moça vulgar e ignorante, e você é um homem instruído. Isso não significa que eu seja lama que se amasse com os pés. Acredite, professor, o que fiz não o fiz pelas joias e pelos vestidos caros, muito menos por carros e lugares luxuosos. Fiz porque me encantei pelo senhor, e esse encantamento foi se transformando em afeição e carinho, e acima de tudo porque era agradável estar

em sua companhia. Sinceramente, nunca pensei em amor, pois sabia que você sempre perceberia a diferença que existia entre nós. Mas gostaria que fôssemos amigos, bons amigos.

– Você é uma idiotazinha, Eliza! Quer coisas que não podemos lhe dar, pois nada temos a ver com o mundinho de sentimentos fáceis e paixões infantiloides que animam a maior parte das pessoas, daqueles que trabalham como burros de carga e nada aspiram na vida a não ser a famílias numerosas, uma profusão absurda de sentimentos, na maioria das vezes exagerados e igualmente descabidos. Você quer a vida da ralé, enquanto o que lhe oferecemos é a ciência, a literatura, os aspectos mais grandiosos e importantes da natureza humana. Se você não consegue apreciar o que tem, melhor voltar para o que tinha antes.

– Você bem sabe que não posso voltar para qualquer coisa que não seja o que tenho hoje. Eu deixei que você e o coronel me tirassem tudo o que eu tinha antes, até os amigos. Hoje eu tenho apenas você e ele. Sabem que não tolero mais a vulgaridade e não conseguirei viver com um homem vulgar depois desses meses com os dois. De qualquer forma, tenho meus próprios planos, e eles não incluem igualmente voltar para sua casa. Não quero mais ser espezinhada e tratada como uma qualquer. Freddy está entre esses planos, e vou me casar com ele assim que ele tiver condições de me manter, nem que eu tenha de ajudá-lo a alcançar tais condições.

– De maneira alguma aceitarei tal desperdício. Você pode e vai se casar com um diplomata, com um embaixador ou mesmo com um ministro. Jamais permitirei que minha obra-prima acabe seus dias na companhia de um Freddy qualquer.

– Não me ofereça o que eu mesma posso conseguir, professor!

– E o que você quer, sua boba?

– Independência!

– Isso não existe! Todos nós dependemos uns dos outros nesta porcaria de mundo!

– Está enganado, professor. Se você é bom em sermões, eu posso me tornar ainda melhor ensinando. Serei professora.

– Professora? Professora de quê?

– Daquilo que o senhor me ensinou: fonética.

– Acho graça...

– Pois ria à vontade. É seu direito. Ainda outro dia encontrei um professor húngaro que também se dedica à fonética e disse-lhe que queria ser sua auxiliar...

– Você vai trabalhar com aquele impostor? Ele não passa de um farsante que já deveria estar preso há muito tempo se...

– Gozado, ele referiu-se ao senhor em termos bem parecidos, professor...

– Sua... sua... – completamente fora de si, Higgins agarrou-a pelos braços e por um instante, rilhando os dentes com muita raiva, vociferou: – Experimente contar qualquer coisa sobre meus estudos que eu torço seu pescoço...

– Vai me bater, professor? Fique à vontade. Eu sabia que, por trás de todo esse verniz falsamente intelectual, mais cedo ou mais tarde eu encontraria um brutamontes como os muitos facilmente encontráveis nas ruas sujas e malcheirosas de Drury Lane. Vamos, bata!

Higgins soltou-a com um repelão, mas surpreendentemente sorriu gostosamente.

– Que se dane! – disse. – O que importa é que eu disse que faria de você uma dama e foi o que no fim eu fiz, você tem de admitir, não?

– O que mudou, professor? Agora que descobriu que posso viver sem você...

– Você mudou, sua tola. Agora você não é mais aquela pedra que eu chutaria antes de continuar meu caminho. Agora você se mostrou uma torre imponente e sólida que está realmente à altura tanto de mim quanto de Pickering. Eu, você e Pickering formaremos um formidável trio de solteirões e amigos, e não dois homens e uma pequena idiota.

Os dois ainda ficaram se olhando durante alguns minutos, até que a senhora Pearce apareceu na porta.

– Pronta, Eliza? – perguntou, com o olhar curioso indo de um para o outro, sem entender o que se escondia por trás do persistente silêncio de ambos. – A carruagem está nos esperando.

– Claro – Eliza a acompanhou. – O professor não vem?

– Deus seja louvado, querida. Se o levarmos conosco, acabaremos sendo enxotadas da igreja. Ele não pode nem passar na porta de uma que desanda a lançar críticas em voz alta e para todos os lados, um inferno. Não, não. Melhor deixá-lo para trás.

Eliza parou e sorriu para Higgins.

– Sendo assim, creio que não nos veremos mais – disse ela. – Adeus...

A senhora Higgins tornou a observá-los. Não acreditou nas palavras dela e muito menos no silêncio carrancudo dele.

– Até logo, querido – despediu-se.

– Até logo, mamãe – Higgins aproximou-se para beijar a mãe. Repentinamente deteve-se e, lançando um olhar na direção de Eliza, disse:

– Ah, Eliza, eu ia me esquecendo: você poderia me mandar um sanduíche de presunto e queijo Stilton? Aproveite e me compre também um par de luvas de camurça, claras, número oito, e uma gravata que combine com aquele meu terno novo que chegou ainda ontem. Deixo por sua conta a escolha da cor.

– Nem pensar – replicou Eliza. – Você esqueceu? Números oito ficam pequenas demais em você, isto é, se as quer com forro de lã. Tem três gravatas que ainda não usou, então por que comprar outra? O sanduíche vou mandar fazer de Gloucester, e não de Stilton. O coronel gosta mais deste do que daquele, e você nunca soube distinguir um do outro. Hoje de manhã telefonei para a senhora Pearce e disse-lhe para não esquecer o presunto. Nem faço ideia de como você viveria sem mim, sabe disso, não?

Afastou-se, enquanto a senhora Higgins virava-se para o filho e dizia:

– Você definitivamente estragou essa moça, Henry. Confesso que ficaria seriamente preocupada com a relação de vocês dois se ela não gostasse tanto do coronel Pickering.

– Pickering? Mas que bobagem! Posso lhe garantir que ela vai acabar casando-se com o Freddy – disse ele, em seguida explodindo em uma prolongada e sonora gargalhada.

Ah! Ah! Ah!

Epílogo

Por mais longas e inescapavelmente críticas ou apaixonadas que sejam as considerações sobre o amor, elas sempre espelharão idiossincrasias pessoais ou crenças profundamente arraigadas e igualmente pouco ou nada fundamentadas na realidade insofismável da vida como a conhecemos. Portanto, não servirão de nada, até mesmo porque o amor não se define, mas pura e simplesmente se vive, o que nos leva a considerar que o insólito experimento do professor Henry Higgins, bem como suas impressões e visões de mundo e da vida, além das subsequentes reações que provocou de parte a parte, constituiu-se e definiu-se pela maneira como ele enxergava o amor e suas inevitáveis consequências.

O amor para ele era um erro, um equívoco tolo, porém ontológico dentro de algo bem maior e mais importante que era e seria sempre a humanidade, equívocos cotidianos e ainda maiores que se repetiam em maior ou menor quantidade na existência de cada um de nós. Os mais inteligentes, como ele, evitavam-no e se isolavam em ilhas de excelência intelectual onde se dedicavam ao que consideravam na vida, que era a construção de uma humanidade livre de tais sentimentos menores.

Para ele, amar significava submeter-se a sentimentos alheios, abdicar das próprias opiniões e da própria liberdade. Por mais que amasse ou fosse amado por Eliza Doolittle, ele não se permitiria submeter-se. Experimentar certos sentimentos até agradáveis seria um pagamento espúrio e contrapartida indesejável ao tanto que teria de desistir de si mesmo e de suas convicções, algo inaceitável para seus padrões altamente elevados. Criar vida, alçá-la a parâmetros mais compensadores, em sua opinião, era criar aborrecimentos, mas um empreendimento muito mais interessante do que levar a vida a esquivar-se de tais problemas e de outros tantos menores, buscando refúgio na mesquinhez das conveniências em que vivia ou, melhor dizendo, chafurdava a maioria dos seres humanos. Nunca, em tempo algum, seria um homem de conveniências e acomodações e, do mesmo modo, escravo da aprovação alheia.

Em contrapartida, por mais que o amasse, Eliza fora cidadã deste mundo menor, de conveniências e sentimentos latentes, e não se desapegara inteiramente dele, mas antes aprendera a ser maleável o suficiente para saber lidar com ele e com aquele que o professor lhe apresentara ao longo daqueles seis meses de aprendizado. Intrinsecamente prática, sabia que jamais seria absolutamente amada por ele, o que a levou a considerar que seria tolice amar sozinha. Entre idas e vindas no território movediço e logicamente traiçoeiro entre paixão e racionalidade, bandeou-se de mala e cuia para a dedicação apaixonada, quase canina, de Freddy, com quem, por fim, se casou, ajeitando-se como pôde a uma pequena porção de sentimentos que porventura subsistiria entre ela e Higgins, mesmo a contragosto e com virulenta resistência por parte dele, o que os levaria a manter por anos uma relação ambígua também partilhada por Pickering. E, não sendo amor em sua definição mais comezinha, fez-se profunda e inarredavelmente afeição, o que não era pouco em se tratando de Henry Higgins, senhor absoluto de si e de sua autossuficiência solitária. Isso obviamente não o afastou de uma participação intermitente na vida de Eliza, o que incluiu o pagamento da lua de mel dela com Freddy e, entre outras intervenções, no empréstimo que culminou com a abertura da tão sonhada loja de flores dela, onde, seguindo sua maledicente opinião, o marido se prestou perfeitamente ao papel de entregador.

Vai entender, não é mesmo?

A vida, por caminhos e atalhos por vezes obscuros, manteve-os juntos e em permanente conflito e estreita amizade por muitos anos, Eliza gostando de Freddy e do coronel e mantendo laços peculiares, e não de todo explicáveis por serem ainda menos compreensíveis, com Higgins e com o próprio pai, o então ricaço Alfred Doolittle. Fazendo minhas as palavras de um importante autor britânico daquelas primeiras décadas do século XX, em que tais acontecimentos desenrolaram-se ora dramática, ora comicamente, em se tratando das relações entre a então senhora Eynsford Hill e o professor Henry Higgins, "Galatea não gosta muito de Pigmalião; a relação dele com ela é demasiado divina para ser agradável".

Fim